爆款故事力

24个神奇故事公式

李海峰
曾瀛亭 编著
吴嘉华

北京大学出版社
PEKING UNIVERSITY PRESS

内 容 提 要

本书是一本给所有人讲故事的书,也是一本教所有人如何讲故事的书。

每个人,都有独一无二的人生,都在一分一秒地创作属于自己的人生故事。只不过,有的人擅长将其讲出来,看似人生精彩又独特,有些人则不擅长讲述,好似人生乏善可陈。本书共分为三篇,内含八章,从"找到""讲出""升华"三方面入手,分别介绍获取故事灵感、在看似平淡的生活中抓取"故事元素"、搭建自己的故事框架、打磨故事细节、在最适合的场合用最合适的情绪讲最合适的话、将听众融入故事、在故事之外讲故事、让故事拥有更长久的生命力的方法与技巧,帮助每个人都讲出引人入胜的故事。

本书适合所有热爱生命、乐于分享、喜欢记录生活、愿意为人生留下深浅足迹的人阅读,书中的作者愿意陪着大家,走过所有艰难与坎坷,看未来荣光万丈。

图书在版编目(CIP)数据

爆款故事力:24个神奇故事公式/李海峰,曾瀛荨,吴嘉华编著.—北京:北京大学出版社,2023.5
ISBN 978-7-301-33864-3

Ⅰ.①爆… Ⅱ.①李… ②曾… ③吴… Ⅲ.①故事—文学创作方法 Ⅳ.①I054

中国国家版本馆CIP数据核字(2023)第051952号

书　　　　名	爆款故事力:24个神奇故事公式
	BAOKUAN GUSHI LI:24 GE SHENQI GUSHI GONGSHI
著作责任者	李海峰　曾瀛荨　吴嘉华　编著
责任编辑	滕柏文
标准书号	ISBN 978-7-301-33864-3
出版发行	北京大学出版社
地　　　址	北京市海淀区成府路205号　100871
网　　　址	http://www.pup.cn　新浪微博:@北京大学出版社
电子信箱	pup7@pup.cn
电　　　话	邮购部 010-62752015　发行部 010-62750672　编辑部 010-62570390
印刷者	涿州市星河印刷有限公司
经销者	新华书店
	787毫米×1092毫米　32开本　5.25印张　136千字
	2023年5月第1版　2023年5月第2次印刷
印　　　数	5001–8000册
定　　　价	48.00元

未经许可,不得以任何方式复制或抄袭本书之部分或全部内容。
版权所有,侵权必究
举报电话:010-62752024　电子信箱:fd@pup.pku.edu.cn
图书如有印装质量问题,请与出版部联系,电话:010-62756370

01

把大象放入冰箱，分为三步：第一步，打开冰箱；第二步，把大象放入；第三步，关上冰箱。

写出"我的故事"，分为三步：第一步，阅读、输入；第二步，套用公式、勤做练习；第三步，提笔，开始写作。

写好"我的故事"，分为三步：第一步，找到故事；第二步，讲出故事；第三步，升华故事。

我对于你看完这本书就能写出、写好"自己的故事"有着无比的自信，因为我们找到了一群能够写出好故事的人，并且一起打磨了这本书。

我找到他们，犹如这本书遇到你。

他们把故事写好，把经验提炼成公式，加上精心设计的练习题，通过内部外部反复打磨，最终成书，这个结果让他们成就感满满。

你因为想写出、写好"自己的故事"，翻开这本书，我有信心你读完书后会为自己鼓掌。

而对于我来说,要做的事情是让作者们带着价值感和使命感去写作,并通过书,把这些价值和使命传递给翻开书的你。

为了鼓舞他们,我讲过两个我家小朋友的故事。

我和太太育有一对龙凤胎,哥哥叫希希,妹妹叫郡郡。

希希在学钢琴,钢琴老师对他很好,不仅经常带他练师徒四手联弹,弹琴之外,还会变魔术逗他玩。有时太太会开玩笑,说他们像父子。

有一次,钢琴老师表演魔术后,把一套扑克牌送给了希希。我回家看到牌,虽然并不知道怎么变魔术,但想了想,设计了一个小游戏,希望让 5 岁的希希开心。

我让希希随手抽一张牌,先给我看,再通过回答我的问题,"猜"出那张牌的牌面花色和数字。比如,希希拿到的牌是红桃 10,我会问:"你希望它是红色还是黑色?"如果他说"红色",我就继续下一步,问:"比 9 大一点点的数字是几?"如果他说"黑色",我就问:"除了黑色,还有什么颜色?"以此类推,确保最后希希能准确说出牌面花色和数字。每次希希说出正确答案后,我都会大声地说:"你真厉害!"这个游戏,我们父子俩玩得很开心。

第二天早上,我发现希希在带自己的双胞胎妹妹郡郡玩这个游戏。每次引导郡郡回答出正确答案后,希希都会竖起大拇指对郡郡说:"你真厉害!"而郡郡也会大声回应他:"我真厉害!"一脸得意。

我在一旁开心地看着他们玩耍,没想到,希希突然转身,对着我竖了一个大拇指,大声地说了一句:"让别人厉害的人最厉害!"

我想,听完希希的故事,很多人就理解了,为什么这些合著者在自己写的故事被很多人肯定后,愿意用更多的力气把这本书写好。

我们不满足于身边人说我们写得好,我们想帮助读书的你也写得好!

接下来,我要分享的是我女儿郡郡的故事。

我们家的人没有特别的宗教信仰,旅行途中,无论是寺庙,还是道观,或者教堂,都会带小朋友进去。

有一次,我们进入一座寺庙,郡郡听到身边的人说要拜一拜菩萨,就好奇地问:"菩萨是谁?"太太想了想,回答道:"菩萨是帮助别人完成心愿的人。"

后来,郡郡跟着我们,一起对着寺庙里的菩萨许愿,我们很好奇,问郡郡许的是什么愿望。

郡郡回答道:"我的愿望是希望所有的菩萨身体健康。"

我想成为被我女儿祝福的人。

24 个神奇故事公式

我们都是特别平凡的人。

读完本书,整个编者团队共同的感受是,这本书中的故事给了我们极强的代入感和共鸣。从小到大,我们读的故事、听的故事,多是名人名事、奇人逸事,这本书则不同,在其中,你看到的更多的是家长里短、生活琐事。

这本书,能够帮助你写出自己的故事、写好自己的故事,并让你清楚地知道,每个故事,或大或小,或惊或平,都能启迪别人和自己,助力我们的人生。

最后,要感谢北京大学出版社的各位老师对本书的辛苦付出,我们在好故事里见。

李海峰

知名培训师及企业顾问,DISC+ 社群联合创始人

(微信号为 Hfdisc,欢迎交流)

目录 CONTENTS

上篇
找到我的故事

第一章 如何获取故事灵感

- 第一节 放空,灵感才会闪现(文◎吴嘉华) 003
- 第二节 持续精进,"输入"是"输出"之源(文◎吴嘉华) 009
- 第三节 学会"复盘",吾日三省吾身(文◎曾瀛莘) 016

第二章 如何在看似平淡的生活中抓取"故事元素"

- 第一节 人、事、物,一直在那里,等待你关注(文◎吴嘉华) 024
- 第二节 亲情、友情、爱情,看似摸不到,其实最丰沛(文◎赵俊雅) 030
- 第三节 过去、现在、未来,每个时间维度,都是故事库(文◎李燕) 036

- 中 篇 -
讲出我的故事

第三章 如何搭建自己的故事框架

- 第一节 我要讲什么？——明确我的主要内容（文◎小安老思） 043
- 第二节 我讲给谁听？——明确我的受众群体（文◎小安老思） 051
- 第三节 我为什么讲？——明确我的叙述目的（文◎小安老思） 058

第四章 如何打磨故事细节

- 第一节 清晰，能被听懂的故事，才是好故事（文◎陈瑛） 066
- 第二节 悬念，好奇是全情投入的助推器（文◎陈瑛） 072
- 第三节 共情，听众『加入』了，故事更精彩（文◎赵冰） 077

第五章 如何在最适合的场合，用最适合的情绪，讲最适合的话

- 第一节 预测，提前想象可能面对的场景（文◎刘静） 083
- 第二节 变通，现场听众的反应，是后续讲述的『指南针』（文◎曾瀛莘） 088
- 第三节 总结，每一次过往，都是未来的经验（文◎顾冬梅） 096

下篇
升华我的故事

第六章 如何将听众融入你的故事

第一节 关注你的音量、语调,声音也可识人(文◎李燕) 104

第二节 关注你的情绪,积极正能量威力爆棚(文◎曾瀛莘) 109

第三节 关注你的肢体语言,热情或冷漠瞬间传递(文◎吴嘉华) 115

第七章 如何在故事之外讲故事

第一节 摒弃偏见、成见,被清空的器皿容量最大(文◎刘静) 121

第二节 调动过往记忆,在共情中读懂『话外之音』(文◎赵俊雅) 128

第三节 给予讲述者实时反馈,用『主动』收获『意外之喜』(文◎李燕) 134

第八章 如何让故事拥有更长久的生命力

第一节 抓住共鸣点,让你的故事进入Ta的世界(文◎吴嘉华) 141

第二节 多角度论述,『强化』也有技巧(文◎赵俊雅) 147

第三节 价值观很『贵』,坦诚表达向来无价(文◎曾瀛莘) 152

·上 篇·

找到我的故事

Chapter 01
第 一 章

如何获取故事灵感

第一节
放空，灵感才会闪现

（文◎吴嘉华）

他散步的时间与创作的程度成正比，如果将他关在房间里，他将毫无产出。梭罗每天至少散步四小时，有时走得更久。

——拉尔夫·沃尔多·爱默生[1]

/ 执着于"躲猫猫"的灵感 /

最近要写一篇文章，我日思夜想，陷在无感、硬想的状态里很长一段时间，还是一点灵感都没有。索性，我选择放过自己，换上一身舒适的衣服，选中一首平时爱听的轻音乐，戴上耳机，一个人出门走走。

当自己处于完全放空的状态中时，感官神经仿佛变得敏感，更容易、更清晰地感受着周边的生活琐事：大堂管家的笑容、外卖小哥的焦急、下棋老爷子之间的斗嘴……平常不会加以留意的一幕幕，都映入了我的眼帘。

我散步回来时，在楼下的大堂里听到两个分别带着孙儿的老人家在聊天，其中一位老人说："你孙儿好乖、好听话啊，每次见到我都

---

[1] 拉尔夫·沃尔多·爱默生，美国思想家、文学家、诗人，确立美国文化精神的代表人物，文中的引用，是他对《凡尔登湖》的作者亨利·戴维·梭罗作出的评价。

会主动打招呼，真懂事……"

一开始，我看着那个被夸的小孩，下意识地露出了慈父般的微笑。但是，下一瞬间，我被"听话"这个词击中了。

/ 一条"不听话"的成长路 /

我曾经也是很多人口中"听话""懂事"的孩子。

从小，我按部就班地一步步成长，工作后循规蹈矩地发展，由一开始国有企业的人力资源业务岗，到中外合资企业的总裁助理岗，勤勤恳恳，都给出了一份不错的答卷。

在这波澜不惊的生活中，我也由一个人生活，到拥有了自己的家庭。随着身份、角色的增加，我逐渐产生了"认真规划人生"的念头。

其实，我并没有什么雄心壮志，但是总有一个声音在告诉我，"不要在本该奋斗的年纪选择安逸"。我希望通过自己的尝试和努力，探索一下自己的人生会不会有更多的可能。

2014 年 8 月 9 日，我的大女儿星星出生了。在星星睁开双眼的瞬间，"责任感"这三个字跃至我心头，我第一次感受到了"爸爸"这个角色所应该肩负的责任。用我太太的话说，女儿出生以后，我好像"长大了"，更愿意去分担家里的琐事了……

我对于"责任感"这三个字的理解，是不仅要努力赚钱、让家人过上幸福的生活，还要以身作则，成为子女的榜样！打个比方，父母是"原件"，子女是"复印件"，父母怎么做，子女都看在眼里。我希望随着女儿的不断成长，我可以有更多的经历和她分享，让她在了解我的同时，也愿意分享她的想法，让我了解她。

女儿的出生，给了我改变的勇气。仅有想法是不够的，必须结合做法，才有意义！终于，2015年9月，我决定跳出自己的舒适圈，第一次开启我的"不听话人生"，选择进入身边很多长辈、朋友不看好的行业——保险业！

"保险业务很难做……"说出我的想法后，这是我听到次数最多的反馈。但也是这句话，激发了我心中的不听话因子，促使我毅然决然地踏进保险业。

正是因为难，才有做出成绩的机会；正是因为难，才想拼命地出类拔萃；也正是因为难，才可以看到自己原来有这么多意想不到的潜能！

在我看来，对待质疑，反驳、陈述、沟通、交代都是没有用的，最好的办法，就是用行动证明自己！

想起我的父亲，一个传统的一家之主型壮汉，我能想象到对于我转入保险业的决定，他会给予多大的质疑和不理解，然而我清楚，他不是想和我对着干，只是心里有很多担心：担心我的收入不稳定、担心我的工作压力太大、担心一岁多的孙女星星生活得不好……为了避免他的焦虑，我并没有事先和他沟通换工作的事情，而是来了一次"先斩后奏"——我打算用实际行动获得他的认可。

也许是因为全情投入，三个月的时间很快就过去了。很幸运，经过实践与磨炼，我的成绩在收入上得到了体现：三个月的时间，我赚到了相当于过去一年的收入。

在那三个月里,我听到的来自客户和朋友的最多的反馈是:"嘉华,我能感觉到你是认真的,相信你……"

客户和朋友的认可、能力的提升、收入的增长,让我鼓足了勇气,也有了底气,在一顿平常的晚饭中,我对爸爸说出了那句看似很轻松的话:"爸,我换工作了,去做与保险相关的工作了……"

当时,我爸既震惊,又气愤——震惊于我的大胆,气愤于我的自作主张。然而,时间又过了两个月,在 2016 年有众多亲友在场的春节聚会上,我很惊喜地听到爸爸对他的好朋友说:"嘉华现在在做与保险相关的工作,有需要可以找他……"

简单的一句话,让我异常感动,我知道,爸爸终于认可了我的选择……

/ 每一段经历,都是成长的累积 /

在保险行业中工作的这几年,我最大的收获是学会了反思、学会了总结、学会了思考。

在国有企业中的工作经历,教会了我做事的底线和框架;在合资企业中的工作经历,教会了我高效地 to do list(安排与执行);而现在的工作经历,更多的是教会我把过往的所得串联起来,在实践中结合并提高。

五年的时间,从零开始。从毫无积淀到连续三年成为全球百万圆桌会议会员[2]；从普通的企业内勤人员到保险业全国赛的超级演说家；从拿不出可视化作品到联合研发全国首创保险业可视化展业工具"翼展业"；从一个人，到团队长，再到负责人，最终创办了保险人成交赋能平台"博明社"……我努力将每一次迭代的结果作为下一次迭代的起点，一步一步，稳扎稳打地走到今天。

五年过去了，别人眼中我的变化，可能是直观的收入变化，但是对于我来说，最重要的变化，是我能自信地感受到自己的成长——一种经过不断沉淀的、厚积薄发式的成长。

最初，我觉得自己只是一个"辅助"角色，现在，我能够正确认识自己的能力与价值，也具备了"牵头"的能力，联动其他有能力的朋友一起去干一番事业，种种转变，让我感慨万千。这些通过亲身实践得到的经验和教训，给了我很多可以和女儿分享的故事，也给了我继续跃迁的勇气和底气。

回看这五年，我是真的"不听话"吗？不，其实我还是那个听话的嘉华，只不过，如今的我更听从自己内心的话。

/ 放空，灵感自然闪现 /

看完这个故事，你还记得当初那个苦苦寻找写作灵感，日思夜想却无从下笔的我吗？正如你所见，放空自己后，思路打开了，写出一

---

[2] 百万圆桌会议（The Million Dollar Round Table，简称 MDRT），全球寿险精英的最高盛会。国际寿险百万圆桌会议成立于 1927 年，当时，32 名销售业绩在百万美元以上的寿险营销员希望组成一个论坛，致力于扶植高标准的寿险销售概念，树立寿险营销人员的形象。

篇富有真情实感的文章不在话下。

回想创作灵感从无到有的全过程，放空，对于我来说最关键的意义是让我放下手机，把关注焦点投放到生活中，感受身边的点滴小事，因此获得更多意外而来的灵感。这种状态，可以帮助我更顺畅地写作，也可以帮助我在发展事业的道路上越来越得心应手。

故事力公式 放空，迎接灵感

- 1. 想做某事（写作/策划/项目……），没有灵感
- 2. 什么也不想，（按自己喜欢的方式）放空自己
- 3. 用心观察、体验生活（列举事例）
- 4. 找到共鸣，诱发联想（列举事例）
- 5. 受到启发，获得灵感（文末要回到文章开篇讲述的故事，扣题）

练 习 题

套用上面的公式，写一篇自己通过放空，灵感迸发的故事。

◎本文作者吴嘉华，微信号为 hiJoshuaWJH，欢迎交流。

第二节
持续精进,"输入"是"输出"之源

(文◎吴嘉华)

人找书是很难的,但是书找书是很容易的,你越读书越知道读什么书,书会带着你去读书。

——白岩松

/ 想"输出",先"输入"/

我并不是一个常常看书的人,但总有那么一些瞬间,觉得自己需要"充电",想挑一本书来看。有一天,我随手打开了一本之前一直没来得及看的书——《即兴的智慧》,翻阅了几章,不期然映入眼帘的一段话,给我带来了灵感。

喜欢说 Yes 的人生活充满了冒险,喜欢说 No 的人安于现状。

——基思·约翰斯通[3]

/ 不断挑战的 "Yes Man" /

曾经的我,是一个只会说"Yes"的人。

得益于这个习惯,身边人都觉得我不怕吃亏、平易近人、善解人

---

[3] 基思·约翰斯通(Keith Johnstone),英国戏剧教育家、编剧、演员、导演,他是即兴戏剧先驱,以发明现代即兴体系而闻名。

意,我因此收获了不错的人缘。但是,久而久之,因为这个"习惯",我背上了沉重的心理包袱:很多时间用来帮助别人,自己可自由支配的时间被大幅压缩;同时,由于过于"谦让",我错失了一些本该属于自己的机会。

我开始反思,一直说"Yes"真的好吗?会不会看似收获了好人缘,却迷失了自己?

终于,我决定改变自己——大胆地说"No"!

一开始,这样的改变确实让我感觉轻松了很多,也得到了很多属于自己的空闲时间。但是,凡事都有两面性,这样的改变,好像并没有让我获得预想中的飞速成长,反倒因为沉迷于说"No",我错失了一些本可以抓住的机会。

到底为什么会出现这样的结果呢?

上文中提到的那段来自基思·约翰斯通(Keith Johnston)的话:"喜欢说 Yes 的人生活充满了冒险,喜欢说 No 的人安于现状。"给出了答案,"Yes"并非不好,"No"也并非无害,关键是大家将它们用在什么地方。如果将"Yes"用于讨好他人,将"No"用于拒绝挑战,那必然适得其反。

于是,我再次调整自己的思路,做回"Yes Man",只不过以前说"Yes"是为了不得罪他人,现在说"Yes",是为了更好地挑战自己!方向对了,"Yes"才可以为我们带来更多可能!

/ 遇见机会，抓住机会 /

2019年7月，我接到浙江电视台全国首档保险业演说大赛《保险业超级演说家》的参赛邀请，既兴奋，又不安！

兴奋，是由于自己得到了认可，能够获得参赛邀请；不安，是源于不自信，因为此前完全没有经验可参考。

面对这一让人犹豫、纠结的事情，我深知，如果应邀参赛，对我来说绝对是一个难得的历练；但另一方面，对于从来没有上过公开演说舞台的我来说，万一出丑了，会留下难以消弭的"痕迹"……

有一种"Yes"，源于已准备就绪；还有一种"Yes"，恰恰是因为还没有准备好！

思想斗争了三天后，我想起了自己进入保险业的初心：挑战自我，成就更好的自己！

虽然还没准备好，但是通过参赛，能认识更多比自己优秀的人，让自己成长得更快！这才是关键，不应该因为"没有经验"这一小小的不确定而放弃，所以，我最终决定受邀参赛！

源于这个充满挑战的"Yes"，经过一个月的视频海选，我一路过关斩将，相继进入了全国100强、全国30强，最终顺利跻身全国总决赛，获得了到浙江电视台进行现场录制的机会！

虽说之前有对外授课的经验，但对于公开演说，我是一个妥妥的"门外汉"！为此，在出发前往杭州进行录制的前一周，我决定努力恶补这方面的知识！先找资料、找视频、确定立意、列演讲提纲、写

24个神奇故事公式

初稿,再反复修改、打磨……由于白天有不能耽误的日常工作,备赛的事情只能利用每天晚上的时间进行,时间紧迫,压力很大,但我感觉整个过程很充实,不仅是"累并快乐着",甚至是"兴奋着"!

之所以兴奋,是因为在准备的过程中,我接触到了很多自己原来不懂、不知道的知识,比如,一个好故事如何通过有效铺排让听众/读者产生共鸣?怎样的表达方式更能让听众/读者有代入感?如何在最短的时间里让听众/读者明白表达者所要表达的内容?……这些知识的获得,让我发现了自己在语言表达方面的浓厚兴趣,以及将沟通、表达结合日常工作需求进行实践的天分。与此同时,我的心态也随着备赛的深入发生了微妙的变化,由一开始的"忧心忡忡""顾虑重重",慢慢地转变为"跃跃欲试""摩拳擦掌"地期待站在舞台上展示自己!

现场录制的时间日益临近,全国30强选手提前一天来到了杭州,进行正式上场前的最后一次集训。在这次集训中,我与其他决赛选手第一次见面。

这次集训由浙江电视台的两位专业主播老师亲自负责,除了传授表达技巧外,出乎意料的是,两位老师更多地向我们传授了关于着装、走位的技巧,以及在电视台进行现场录制的临场技巧。比如,每个节目的参与人员都会得到根据舞台风格设计的电视台出入工作证,通过工作证,可以了解对应舞台的主色调,避免登台服装与舞台背景撞色的情况;又如,因为是电视节目录制,应尽量避免穿格子衣服或条纹衣服,以防节目播出时观众的观感不好……这些都是很实用的实战技巧,也是之前我在网上找不到的知识。不,与其说找不到,更准确地说，是我压根想不到要去了解这方面的知识。

很多时候，让自己勇敢地"跳出来"，才有机会突破自己原有的认知，了解自己不知道什么，而这些"不知道"，往往是推动自己成长的关键！

一整天的培训结束后，虽然没有和其他参赛者进行过多的交流和互动，但仅根据各位的气质、状态、谈吐，我已刷新了自己对这个行业的认知。我不仅看到了当下优秀保险人的样子，更看到了新时代保险人应该有的样子——自信、专业、多元、有想法！

以前，我有时会觉得自己的想法过于天马行空，可能是保险业的"另类"，通过这次活动，我感觉找到了"组织"，真的很庆幸自己面对邀请时的那个大胆的"Yes"！

/ 厚积薄发，终得绽放 /

期待已久的决赛录制日到了。

"下一位，25号选手，吴嘉华！"主持人的话音刚落，我便从导播手上接过话筒，大步走上属于我的决赛舞台："大家好，我是吴嘉华，一名出生于1987年的广州男人。现在，我是两个小孩的爸爸，大女儿叫星星，小儿子叫小太阳，认识他们的人，都称我为'宇宙爸爸'……"不慌不忙地，我开启了人生中第一次真正意义的公开演说！

演说完，走下舞台的那一刻，我的第一感觉不是如释重负，而是激动，激动于我终于发现，原来自己是这么享受舞台！那一刻，我知道了，我又多了一个可以努力前进、坚持探索的方向！

最终,我的演说获得了全国第 7 名,并荣获"超级演说家"称号。虽然排名不尽如人意,但是对于我来说,过程足够"完美"!因为,有什么比找到了自己的兴趣和方向更重要的呢?

接受每一个想接受的挑战,并不畏惧迎接不断出现的新的挑战,从此成为我的人生信条。因为正是这些源源不断挑战,让我前进的方向逐步清晰,让我不再迷惘与彷徨!

得益于这次比赛,我真正找到了自己的事业标签——跨界新思维保险人,也因此得到了后期创作出保险业可视化展业工具"翼展业"的契机。

回顾自己的成长历程,结合《即兴的智慧》这本书中的核心理论——Yes And,我发现,让自己不断破圈、不断提升的关键,除了充满挑战的"Yes",还有促使自身前进与行动的"And"。

"Yes",让我学会了接纳与直面挑战;而"And",触发了我的行动力与创新力!

也许,这就是"Yes And"所蕴藏的智慧吧。

Let's Yes And,突破自己,拥抱挑战,成为更好的"Yes Man/Woman"!

/ 每一份"输入",都是"输出"的契机 /

看完这个故事,你是不是也有一些震惊?如此多的感慨,竟然全部来自日常阅读中偶然遇到的一句话。

其实，我们每个人身上都有无数专属于自己的故事，所谓"不会讲故事"，缺的只是那个刺激表达欲的"引子"。在找不到想"输出"的内容时，先去做些"输入"吧，也许就与好故事不期而遇了！

故事力公式 输入 & 精进，输出 & 表达之源

- 1. 想做某事（写作/策划/项目……），没有灵感
- 2. （按自己喜欢的方式）输入/吸收
- 3. 用心感受，回顾成长（列举事例）
- 4. 找到关键，诱发思考（因什么原因而成长）
- 5. 受到启发，获得灵感（文末要回到文章开篇讲述的故事，扣题）

练习题

套用上面的公式，写一篇自己通过不断"输入"，终于找到"输出"之源的故事。

◎本文作者吴嘉华，微信号为 hiJoshuaWJH，欢迎交流。

第三节
学会"复盘",吾日三省吾身
(文◎曾瀛荸)

> 人们认为数学很复杂。数学还算比较简单,至少我们能够理解,猫才复杂。
>
> ——约翰·康威[4]

/ "新新人类",让我百思不得其解 /

我多年在世界500强企业中管理团队,收益于世界顶级管理理念的熏陶,可以称得上是训练有素,在管理工作中得心应手。

不过,近年来,我有一段时间非常困惑。

那段时间,我新接手了一个销售部门的管理工作,部门人员的组成比较复杂,有"70后",有"80后""85后",甚至"90后""95后",这些员工,有的已经工作了十几年、几十年,有些才刚刚进入职场。为什么人员年龄跨度如此之大?配置本意是增加年轻力量,带来新的知识和眼光,应对越来越年轻化的市场,但随之而来的,是新生代员工带来的新问题相当具有挑战性,且没有理论和经验可以借鉴。

我自以为够时尚、够开放,不仅生活中常用饱受年轻人追捧的潮言潮语,还熟知网络热梗、当红艺人,与新时代的"新新人类"之间

---

[4] 约翰·康威(John Conway),英国数学家、生命游戏的创造者。

不会有任何"代沟",却没想到,接手这个部门的管理工作没多久,我就遇到了一个"大无语"事件。

那天,公司人事部组织了一个很严肃的会议,针对我部门一员工的行为,让我配合调查与反馈。我一头雾水地听了半天,才了解了事情的前因后果。

原来,这个部门内最年轻的员工向公司HR(人力资源负责人)提出"举报",认为公司侵犯了她的利益,要求公司给予补偿。具体是如何侵犯其利益的呢?有如下三点。

1. 她在休假期间,仍然不得不通过邮件和电话参与工作,公司必须支付报酬。

2. 她某次出差的差旅费没有获得报销,要求补报销。

3. 公司在例行审计中发现,她在报销市场活动花销时提供了虚假的客户信息,有偷梁换柱的情况,严重违纪,但她认为自己只是轻微违纪,下次改正即可,不同意公司的违纪定级,并拒绝接收公司的违纪通知书。

面对以上三个"举报",我觉得匪夷所思。作为顶级外企,我们公司的招聘门槛极高,我工作这么多年,还从来没有碰到过这样的人和事,她提出的每一点举报理由,在我看来都是强词夺理!

我一边在心里吐槽真是"活久见"[5],一边给HR提供了各种证据,说明了具体情况。

---

5 活久见,网络热词,意为"活得久了,什么奇怪的事情都能见到"。

1. 在她休假期间，公司并没有给她安排任何工作，她所谓的"不得不工作"，是作为销售人员，接听了客户电话。公司不曾要求员工在休假期间立即跟进处理所有工作，并且每个人在休假期间都有自己的 backup（休假中临时帮她处理工作的其他同事）帮忙接管工作，是她自己主动处理了客户事务。

2. 她的出差报销未被批准，是因为那次出差在申请的时候就已经被拒绝。按照公司规定，出差计划必须经过批准方可执行，她在申请被拒绝的情况下仍然自行安排自己的"出差"，且在事后坚持认为自己的出差有价值，公司应该报销，这是不符合流程管理规定的。

3. 汇报花销时提供虚假信息的情节和此事暴露的诚信问题有多严重，按规定需要由公司人事部门依据法律法规和公司制度处理，业务部门没有任何管理过失和漏洞。

除了上述三个被她用作"举报理由"的事件，她的直接领导还补充反馈，其实她的不配合在工作中早有端倪，比如，领导让她按照规定提交客户拜访记录时，她百般推脱，甚至直接在部门例会上言辞激烈地质疑这样的管理是公司对员工的不信任，让当时参会的领导和同事都下不了台。

为什么会这样呢？难道接到工作任务后，首先想的不应该是怎样才能把工作做完、做好吗？为什么会费尽心思地跟公司"对着干"呢？

受困于怎样发挥新生代员工的积极性，实现愿做、会做、做好这一问题，我真的是头痛极了。

那段时间，我为此请教过很多人，也翻阅了很多有关领导力的书籍，但鲜有对新生代员工管理经验的总结与介绍。于是，我只好在布置任务的时候用更多的时间讲清楚为什么要完成这一任务,希望帮助员工理解工作的意义,推动他们去积极地执行,但效果微乎其微。

一代不如一代?新一代的员工不能用?我不愿意打这样的标签,也认为自己不应该有这样的偏见。秉持着"凡事从自己身上找原因"的原则,我冥思苦想,一有空就更广泛地阅读与领导力有关的书籍,琢磨问题到底出在哪里,该怎样解决。

/ 蓦然回首,答案在不期而遇间 /

在解决领导困局的答案与我捉迷藏的过程中,发生了一件给我很大触动的事情。有一天,我陪着孩子去参加了一个国外夏校[6]的面试。升入初中后,她被题山卷海压得喘不过气来,虽然迫于老师和家长的权威,她能按时按量地完成学习任务,但是完成质量完全没有保证,完成任务过程中各种各样的抱怨也越来越多,我觉得我那个可爱阳光的"好朋友"快找不到了!所以,我特意安排了这个活动,让她休整一下,调节心情和状态。

国外夏校的面试过程中,我听到张校长问孩子:"你长大以后想做什么呢?"

我家孩子完全不按套路出牌,完美规避了"科学家""医生"这类被大众视为优质职业的答案,回答道:"我想做摄影师、设计师,

---

6 夏校,起源于美国,是一种以学为主的游学方式。通俗地说,参加夏校就是去国外上一个补习班,在国外感受一下其他国家的文化和发展,相当于一次小型旅游,但主要任务是学习。在短短的2周到4周的时间里,参加夏校的学生是国外高校的一员,可以作为他们的学生,体验原汁原味的国外校园生活。

或者心理咨询师!"

张校长听到答案后,没有表现出丝毫诧异,而是超级有耐心地和孩子交流、探讨,用了很长时间,循序渐进地进行引导,和孩子一起寻找这三个职业理想的共同点,最后,他们达成一致,原来,孩子喜欢做的事情,可以笼统对应于新媒体专业。

有了这个大方向,接下来要做的事情就简单多了,张校长带着孩子查阅了开设新媒体专业课程的名校目录,以及申请名校需要满足的条件,并鼓励孩子自己对应这些条件,制订细致的行动计划。

行动计划制订完成后,我仔细一看,大喜过望,她计划中的事,和她之前所抗拒的事并没有什么区别,无非就是背单词、读名著、刷题、早起、锻炼……但因为这些计划是她自己制订的,她的状态和制订计划前截然不同,显然已经摩拳擦掌,准备大干一场了!

我太惊喜于这个结果了,但仍然有些没反应过来:她怎么就突然从"他驱"变成"自驱"了呢?张校长看出了我的疑惑,笑着告诉我,其实之前的问题在于孩子没有目标感,只是在"被迫"努力,所以对于完成强加而来的各种具体要求缺乏行动动力,现在,自己有了努力的目标,自然会动力满满地去寻找完成目标的方法。

目标感!

原来这就是我苦苦寻找的答案!

依托这两件事给我的启示,我系统地梳理、复盘后,终于彻底明白,目标感能催生起激励作用的活力和调动奉献精神的适应力,而这两者,能帮助人们长期自驱和持续行动。没有提供目标感的特定行为指标，比如员工的各项 KPI[7]，孩子的各项发育考核标准，工作和成长都很难被高质量地完成。

/ 完成"复盘"，再写新故事 /

答案找到了，我开始优化自己的管理方法，其中之一是少讲道理，且不再强调职业素养，取而代之的是讲故事，在不同场景中讲不同的故事。比如，在每场几十个人的新员工培训中，我会用故事渲染、培养 IT 从业者的使命感——不是将机器卖给客户，进入冰冷的机房，而是创造看得见、摸得着的生活便利，用科技改变生活，助力网上预约、自动驾驶、线上课堂的发展与普及等。又如，在每场十几个人的领导力沙龙中，我会讲张校长辅导孩子的故事，用实际案例帮助大家理解新生代员工的不同，分享我深有体会的激发他们目标感的重要性。

我开始不为了领导而领导，不为了讲故事而讲故事，在我口中，每个实例都有其作用，每个故事都有其主旨。渐渐地，我的努力终于收到了奇效，我所带领的部门，员工积极性越来越高，团队氛围越来越好！

学会复盘，我们的经历才能成为故事，我们的故事，才有指导我们更好地前行的力量！

7　KPI，即关键绩效指标（Key Performance Indicator），是通过对组织内部流程的输入端、输出端的关键参数进行设置、取样、计算、分析，衡量流程绩效的一种目标式量化管理指标，是把企业的战略目标分解为可操作的工作目标的工具，是企业绩效管理的基础。

故事力公式 复盘，找主旨

- 1. 遇到问题：在生活/工作中，遇到难题（困境/发展障碍）
- 2. 复盘思考：经过反复思考，有所发现（问题的症结/陷入困境的原因/发展障碍之所在），但一时找不到解决方案，苦恼不已
- 3. 找到解药：经过不懈努力，终于找到解决问题的关键（列举事例）
- 4. 归纳整理：将所得（感悟/解决方法/经验教训）进行归纳整理，形成故事/案例（文末要回到文章开篇讲述的故事，扣题）

练习题

套用上面的公式，写一篇自己通过复盘，得以成长的故事。

◎本文作者曾瀛荨，微信号为ZENGYINGTINGZYT，欢迎交流。

Chapter 02
第二章

如何在看似平淡的生活中抓取「故事元素」

第一节
人、事、物，一直在那里，等待你关注

（文◎吴嘉华）

我联络，故我在。

——SJ. 辛格[8]

/ 彼此关照的和谐家庭 /

出生于1987年的我，已婚，育有两个娃，正在体验着很多"80后"都有共鸣的"上有老，下有小，为生活而奔跑"的操劳。

因为事业正处于上升期，我和很多同龄人一样，一直在苦苦平衡着工作和生活，也难免遇到平衡不好的情况。前两年，由于工作性质的关系，我经常需要阶段性地前往全国各地出差，进行时间长短不确定的授课和分享，即使不出差，也非常忙碌，经常无法回家吃饭，久而久之，在家的时间越来越少，跟家人交流的时间也越来越稀缺。

不过幸运的是，我有尚算年轻且愿意帮忙的爸爸妈妈，周一到周五，我们夫妻俩都比较忙的时候，他们会搬到我家住，帮我带小孩，到了周末，他们再回到自己家，给我们这个小家独处的时间和空间……日复一日，这好像成了我们家约定俗成的"运作模式"。

---

8 SJ. 辛格（SJ Singer），生物学家，文中的引用，是他对法国哲学家卡迪尔（Descartes）的看法。

第二章　如何在看似平淡的生活中抓取"故事元素"

说到这里，大家是不是觉得我想强调自己因为工作太忙而没有时间陪家人，并对这种无法陪伴和忽视表示懊恼？其实不是的，单就"陪伴"这一点来说，我对自己还算是满意的，因为不管平时有多忙，周末我一般不给自己安排工作，会腾出时间陪家人。

之所以有这种意识，得益于在我年少的时候，我爸爸的"以身作则"：在我最需要陪伴的童年，我爸爸的工作也很忙，工作日也经常不在家吃饭，但他从未缺席我的成长，一到周末，他就会千方百计地安排时间带我出去玩！

因此，跟身边人横向对比，我的家庭观念非常深，到了周末，会找各种机会和家人聚在一起。我知道，我爸爸最喜欢吃美食，所以经常在周末的晚上，带着家人们到处"觅食"，开心一下。

久而久之，在外人看来，我算是比较孝顺的儿子，而我自己，也一直是这样认为的。

直到有一天，我爸爸忍无可忍地给我打了一通电话，表达了自己对我的失望……

/ 我真的很了解他们！是这样吗？/

那是寻常一天的下午三点钟，我爸爸突然给我打电话，吓了我一跳。他很少打电话给我，就算偶尔有事情，也大多使用微信联系，这是发生了什么不得了的事情了呢？诧异的我立刻接通了电话。本以为电话那头会立刻传来火急火燎的声音，告诉我发生了什么急事，没想到，电话那头先是停顿了几秒钟，然后传来我爸一字一顿的话，用的

是鲜有的严肃语气:"嘉华,其实,我对你很失望……"

听到这个开场白,我当场瞪大了眼睛!要知道,这是爸爸第一次对我说这么重的话!究竟发生了什么事?!

不待我有所反应,他接着说:"我感觉,现在你完全不尊重我,要去哪里,要做什么决定,都不会跟我商量,常常……而且,你奶奶现在90多岁了,你也不常去看看她……"

听着爸爸絮絮叨叨地说了一通,我恍然大悟,知道了这通电话的导火线——前一天晚上,我给他打过一个电话,开口就说:"爸,这个周末我带两个小孩回汕头玩两天……"在电话里,我没有说突然决定回汕头的原因,也没有说具体计划,在他听来,很可能感觉我只是在"通知"他,这种口吻让他觉得不舒服了。

虽然马上明白了前因后果,但对于他这样说我,当下的我满肚子委屈,忍不住做了"疯狂"输出:"……回汕头,不是每年都会规划的行程吗(我妻子是汕头人,孩子的姥姥家在汕头)?我以为你知道原因啊!平时,工作日下午,只要我有时间,就会去探望奶奶,见面的次数并不少,只是没有每次都跟你说,不信的话,你可以去问奶奶……"

我连珠炮般解释了半晌,大概意思可以总结为两点,一个是"我以为你知道",另一个是"我以为我不用讲"。

静静地听我说完后,爸爸没有回复任何话,主动把电话挂断了……事情无疾而终,我想再开口,却很难找到合适的契机,爸爸的情绪问题,就那样被悬在了半空中。

第二章　如何在看似平淡的生活中抓取"故事元素"

几天后，等我冷静下来，回想这件事时，突然发现，这不就是现在很多子女的普遍行为模式吗？看似很理解爸爸妈妈，却从未真正关注过什么是他们喜欢的、想要的、需要的，只是闷头按照我们自己的方式来安排一切，并在潜意识里勾画着他们对我们满意、认可的样子，甚至为此沾沾自喜。

以我爸爸为例，典型的一家之主型男人，生活中，很多事情都是他说了算，所以，在刚刚那件事情上，他感觉失望，更多的不是因为不理解我带孩子去汕头这件事，而是因为我没有在做决定之前征询他的意见，直接给了他"答案"，让他感觉"没有存在感"，感觉"不再被尊重"。

想清楚这一点之后，在后续的交流中，就算我知道爸爸一定理解、同意我的做法，我也会先用征询意见的口吻问爸爸："你觉得呢？你认为可以吗？……"

他觉得被尊重了，一切就都好办了。

网上说，在很多青少年的生活中，有一种冷，叫妈妈觉得你冷。我觉得，在很多青年人的生活中，有一种知道，叫我觉得爸爸知道。其实，很多家庭问题，都源于"自以为"、源于"我觉得"。多一点关注，大家会发现，看似亲近的人身上，还有很多我们所"不知道"的事情。

/ 多一点关注，而不仅仅是"我以为" /

我记得，知名主持人撒贝宁说过这样一句话："如若可以，每个

人都喜欢以自己的方式过一生。"

我们年少时,渴求挣脱父母的束缚,证明自己可以;父母年迈了,转而渴望子女尊重他们的意见,证明自己还有用。

两代人,需要互相尊重和成全。

对父母真正的"关注",是我们明确地知道他们喜欢什么、想要什么,并用他们能够接受的方式,让他们知道我们做了些什么、为什么要这样做,而不是单纯地以为,我做了,不用说,他们就应该理解、应该满意。

如果只是"我以为",很容易陷入"自嗨",甚至让双方都觉得委屈。

多一点"关注"吧,值得你关注的人、事、物,其实一直在那里!

故事力公式 关注生活,找到共情点

- 1. 聚焦生活中让自己百思不得其解的沟通问题(和朋友的/和父母的/和同事的),梳理沟通细节
- 2. 聚焦具体事件,找对切入点(人/事/物)
- 3. 发现要点(共鸣点/共情点),进行思考(因什么原因而共鸣/共情)
- 4. 受到启发,获得感悟(文末要回到文章开篇讲述的故事,扣题)

第二章 如何在看似平淡的生活中抓取"故事元素"

练习题

套用上面的公式,写一篇自己因为某件小事,突然意识到身边人/事/物的重要性的故事。

◎本文作者吴嘉华,微信号为 hiJoshuaWJH,欢迎交流。

第二节
亲情、友情、爱情,看似摸不到,其实最丰沛
(文◎赵俊雅)

爱把我们平淡的日子变成节日,把我们黯淡的生活照亮了,使它的颜色变得鲜明,使它的味道从一杯清淡的果汁变成浓烈的美酒。

——王小波[9]

/ 兜兜转转,得到"爱"的答案 /

我曾听说,人的一生会遇到近三千万人,有的人是生命中的过客,只会与你擦肩而过;而有的人是命运的安排,或许会为你上一课,或许会陪你走一段路,又或许是命中注定陪伴你一生的人。

"你依然没变,我们还是不适合。"

时至今日,这句话依然会时不时地在我心里回响,而如今更加成熟与强大的我,终于能够对为我上了一课的Z先生说:"谢谢你教会了我,在爱情中,什么才是'适合'。"

---

[9] 王小波(1952年5月13日—1997年4月11日),男,中国当代学者、作家,代表作品有《黄金时代》《白银时代》《青铜时代》《黑铁时代》等。文中的引用,选自他留给世人的书信作品《爱你就像爱生命》。

第二章 如何在看似平淡的生活中抓取"故事元素"

/ 爱，不将就 /

大学毕业后，我入职 L 公司。当时，公司里有许多 30 岁左右的单身女同事，她们容貌姣好，状态奇佳，优雅地享受着单身生活。

说实在的，当时的我无法理解：她们都 30 岁了，怎么还不谈恋爱、不结婚呢？她们不着急吗？我都替她们急！

那一年，我 22 岁。

22 岁的我遇到了 Z 先生，开启了一段甜蜜的初恋。

可惜，好景不长，恋爱谈了没多久，某日，Z 先生突然向我提出分手，理由很充分："我们不适合。我无辣不欢，你从不吃辣；我的饭量很大，你每餐吃的东西都很少；我喜欢看外国电影，你喜欢看国产影视剧；我喜欢运动，你喜欢静静地待着……就算我们继续在一起，也不会长久的！"

说实话，当时我有些无法接受，但在下一刻，我觉得 Z 先生比我更成熟，他似乎比我看得更长远，考虑得更周详。

因此，虽然我心中的爱还在，但我同意了他提出的分手要求。

可笑的是，一周后，Z 先生居然给我打电话要求复合！理由同样看似充分："我咨询了两位朋友，他们都说你是一个难得的好女孩，叫我好好珍惜，不应该分手。所以，我觉得我们还是应该在一起。"

听完，我苦笑了一下，惊诧极了。只是因为别人的一句"她是一个难得的好女孩"，他就想复合？对他来说，别人的评价比自己的想法还重要吗？他的爱情这样随意吗？

出于骄傲，即使那时的我依然爱着他，我还是咬着牙，冷冷地拒绝了——我不想那样轻易地答应复合，被他瞧不起！

"再次"分手后，看似很平静的我，却在三年多的时间里一直无法释怀。我时常在夜里独自抹眼泪，反复问自己："我到底哪里做得不够好？他真的就只是因为生活习惯和爱好不一样而和我分手吗？如果当初复合了，我再努力一下，会不会有更好的结果呢？……"

不断的自我猜忌、怀疑、懊悔、否定，让我这三年过得很煎熬。

谁也没想到，三年后，我居然在朋友的婚礼上再一次见到了Z先生。巧的是，我依旧单身，而他也单身前来。更巧的是，我们居然被有心的新人安排在同一桌用餐！

回想当时，表面坚强的我其实并没有将多少心思放在喜宴上，内心更多的是矛盾和不安，情不自禁地想着：现在的我们合适吗？我们会复合吗？如果他来找我，再次请求复合，我要答应他吗？

正在我反复在心里排演应对台词时，Z先生突然来到我身边，说了这样一段话："你依然没变，还是那么安静，吃得那么少……我也还是喜欢和朋友一起吃饭、聊天，大家热热闹闹地大快朵颐……看来，我们是真的不适合啊……"

就在那一刻，我听到心里某处传来类似玻璃破碎的声音，阵阵刺痛从内心深处蔓延开来……三年间，无数次回忆的恋爱片段、内心的纠结、分手后的痛苦，种种画面，在我脑海中一幕一幕闪回。我放空了，后半程几乎没有再去关注Z先生的动态。

许久，我的身体才慢慢放松下来，视线也逐渐变得清晰。我想，

第二章 如何在看似平淡的生活中抓取"故事元素"

应该就是那一刻,我终于放下了。

/ 心,属于自己 /

回过头看,在这段感情中,让我始终放不下的,并非Z先生,而是认真对待感情的自己。

我认真地对待感情,把对方当未来丈夫一样看待,可对方不是这样,朋友的一句话就能让他决定我们是和还是分。

我认真地对待感情,凡事都去寻找对方的优点,反思自己的不足,缩小彼此的差异,可对方不是这样,他只会关注彼此的差异,从不思考如何解决问题,轻易地选择放弃。

我认真地对待感情,不断地为构建同时拥有彼此的未来而努力,可对方不是这样,他会仅凭表面所见盲目地做判定,根本不愿意认真地进行深入了解和规划!

两个人是否合适,不在于饭量是大还是小、是否爱热闹,而在于彼此的价值观是否相同。在面对感情时,我愿意认真经营,而他倾向于不断地舍弃与尝试,可能这才是我们之间真正不合适的地方。

如今,对待工作同样认真的我也渐渐步入了30岁,我和刚刚毕业时见到的那些30岁的姐姐们一样,优雅地享受着单身生活,没有再急于寻找那个他。回想22岁时见到的那些优雅单身女同事,我深切地明白了——

爱,不能将就,它应该是锦上添花,绝不是雪中送炭。

是的，辗转三年，我找到了答案：我们不合适。

/ 故事，藏在生活的每一个角落 /

除了面对爱情时更加冷静、清醒之外，如今的我还意识到了一点：所有相遇，都是最美好的安排。

在茫茫的人生旅途中，我们一定会遇到爱和幸福，也一定会遇到挫折和痛苦，无论怎么走，每一次相遇，都是一个故事；每一个故事，都是人生不可或缺的组成部分。因此，我们要时常怀着感恩的心，感谢每一次相遇，在最丰沛的生活中，抓取更多精彩的人生故事元素。它们可能藏在爱情中，也可能藏在友情中、亲情中，只要你用心，你就是人生故事的主角！

故事力公式 坚守价值观 / 坚持初心

- 1. 我的价值观 / 初心：在成长过程中，我建立了某种价值观（相信爱情 / 以家庭为重 / 为朋友可两肋插刀等）
- 2. 坚守很困难：因为遇到了一些问题（冲突 / 困难），我产生了动摇
- 3. 直面挑战：在价值观受到冲击的过程中，我很受伤（对负面情绪进行描写）
- 4. 闯过难关，获得感悟（文末要回到文章开篇讲述的故事，扣题）

第二章 如何在看似平淡的生活中抓取"故事元素"

练习题

套用上面的公式,写一篇自己在亲情/友情/爱情中得以成长的故事。

◎本文作者赵俊雅,微信号为zhaojy18,欢迎交流。

第三节
过去、现在、未来,每个时间维度,都是故事库
(文◎李燕)

生活只有在平淡无味的人看来才是空虚而平淡无味的。

——尼古拉·加夫里诺维奇·车尔尼雪夫斯基[10]

/ 人生不如意之事,十有八九 /

21岁那年,我觉得自己的人生糟糕透了。

刚步入社会的我,因为角色转换,陡然增加了很多不适应和迷茫;毕业后进入中国科学院承担科研工作,周围的同事不是拥有院士头衔,就是博士毕业,让只有本科学历的我压力巨大;和交往了四年的男友"毕业即分手",情感上很受伤……

这些林林总总的不顺利加在一起,让我感觉世界是灰色的。心里满是不甘、愤懑和焦虑,看什么都不顺眼。

没想到的是,更糟糕的事情还在后面。

一个结束了考研补习的晚上,九点多,我骑车回家,在离小区大门还有300余米的地方,被从旁边路口冲出来的一辆面包车撞飞了。

根据后来对现场的勘察,我是先被撞飞到了路边煎饼摊的雨棚上,

---

[10] 尼古拉·加夫里诺维奇·车尔尼雪夫斯基(1828年7月12日—1889年10月29日),俄罗斯唯物主义哲学家、文学评论家、作家,革命民主主义者,列宁曾称赞他:"从(19世纪)50年代起直到1888年,始终保持着完整的哲学唯物主义的水平。"

第二章 如何在看似平淡的生活中抓取"故事元素"

再滚落到地面上的,如果没有先落在雨棚上的缓冲,怕是早就没命了。

当时的情况很不乐观,我最重的伤在头部,头顶裂了一个大口子,汩汩地往外冒血。

肇事车掉了一个头,逃逸了。

幸运的是,路边有三位正在吃饭、聊天的中年大哥,听到声响后立即冲了过来,一位骑车去追肇事车,一位打电话报警,另一位紧张地查看我的伤势。电话中,交警说至少半小时以后才能到,看着我头上不断冒出来的血,其中一位姓李的大哥决定立即拦车送我去医院。

当时,躺在地上的我觉得身上越来越冷、头越来越疼、周围的声音越来越远、意识越来越模糊……快要撑不住了。

终于,大家拦下了一辆车,把我送到医院急诊进行紧急处理,总算是保住了我的性命。

/ 与温暖不期而遇 /

再见到那三位大哥,是几个月之后的事情了。病情稳定后,在几位领导和亲属的陪同下,我去拜访他们。

那时的我,身体还很虚弱,因为要做开颅手术而剃光的头发只长出了短短的一层,我不得不戴着一个白色的布帽子,自我感觉丑极了。

加上不知什么时候才能重返工作岗位,回到正常的生活中,我整个人很是委顿。

看到我神情落寞、状态很差,李大哥开始绘声绘色地讲那天救了

我之后的故事。

前往医院的路上,他全程抱着我,我的血把他的衣服都染湿了。在医院忙活完,半夜时分才回到家的李大哥站在家门口,看着自己的一身"血衣",怕吓着老婆,就在敲门前把衣服都脱了。老婆一开门,看见他浑身光溜溜的,惊讶极了,而李大哥特别淡定地对她说,是在路上遇到了没有衣服的乞丐,衣服全送给他了……

大家哄堂大笑,我也忍俊不禁地抬起头,那是我第一次认认真真地看清了李大哥的相貌,他个子不高,有一个微微鼓起的啤酒肚,说话时总爱配合着手部动作,不大不小的杏核眼一一扫视着我们这些听众,确认我们都在听他的故事。

他讲着一口地道的北京话,故事从他嘴里说出来,绘声绘色的,让人觉得真是幽默,再加上他一边讲,一边比画,大家都被他逗笑了,我的心情慢慢地好了起来。

离别时,李大哥认真地对我说:"姑娘,大难不死,必有后福。你要好好的,以后,你的每一天都是赚的。"

/ 余生的每一天都是赚的 /

"以后,你的每一天都是赚的",这句话不仅在当时鼓舞了我,在后来的生活历程中,面对困难的时候,它都提醒着我,提醒我要把目光投向事情积极的那一面——面对一个有黑点的白板,你关注的是白板上的黑点,还是除黑点外的大片莹白,状态是大不相同的。

积极乐观的心境,从此成了我克服困难的最强大的武器,因为事情远没有想象的那么糟糕,虽然人生不如意之事十有八九,但我依然拥有很多——生命、勇气、激情……

应该感恩所拥有的,而不是抱怨所没有的。

此后的我,将积极与乐观深植于心,后来,我做出了聚焦于研究积极心理学和焦点解决治疗流派的选择,便与这段经历有关。更神奇的是,我的脑子似乎被撞开窍了,大家都说,现在的我,比出车祸以前更聪明!

/ 生活,是故事之源 /

看完这个故事,你是在为我的经历而心痛,还是在为我的成长而欣喜呢?不管是哪一种,都不重要,重要的是你要明白,我们每个人的每一天、每一时刻,都在创造故事,而故事的走向是喜还是悲,全部取决于你的选择。

珍惜生活的每一个瞬间,珍惜这一"故事库",请相信,每一件事的结局,都是好的,都是有收获的,如果不是,那一定是因为还没有到该写下结局的时候!

故事力公式 不管挫折还是惊喜,都是故事库

公式一:遭遇挫折 / 人生的至暗时刻

- 1. 跌入谷底,我曾经遇到一件极其糟糕的事
- 2. 自暴自弃——太痛苦、曾沉沦
- 3. 遇见契机,看到希望(或是顿悟)

- 4. 相信自己，给了自己坚持的力量
- 5. 克服困难

公式二：遇到惊喜 / 人生的高光时刻

- 1. 遇到惊喜，我的生活中曾经发生了一件极好的事
- 2. 激动异常——很开心、充满干劲
- 3. 有所纰漏，得到教训
- 4. 找到问题，解决问题
- 5. 重新走上一切向好的道路

练习题

　　套用上面的任意一个公式，写一篇自己因为遇到某件事情，得到成长的故事。

◎本文作者李燕，微信号为 LindaLeeliyan，欢迎交流。

·中篇·

讲出我的故事

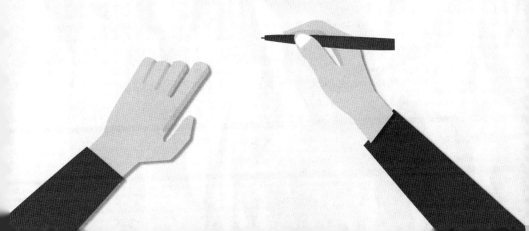

Chapter 03 第三章

如何搭建自己的故事框架

第一节
我要讲什么？——明确我的主要内容
（文◎小安老思）

> 世界上从不缺少美，而是缺少发现美的眼睛。对于我们的眼睛，不是缺少美，而是缺少发现。
>
> ——奥古斯特·罗丹[11]

/ 走上顶级赛场 /

站在候场区，我突然感觉有一丝不自然，额头、脊背、手心都在微微冒汗，心跳也在加速。

当我身边最后一位选手离开候场房间时，我知道，马上就要轮到我上场了。房间里一片寂静，我唯一能听到的，只有自己逐渐急促的呼吸声和缓缓加快的心跳声。

这是世界英语演讲赛中国区的总决赛，只有第一名可以代表中国区，参加有全球142个国家和地区的选手参加的世界英语演讲赛总决赛。比到这一步，只剩下6个人，一名英国选手、一名美国选手、一名印度选手、三名中国选手；三名中国选手中，另外两名分别来自中国香港和中国澳门，而我，是唯一的内地选手。

和他们进行竞争，让我格外兴奋。和以英语为母语或者官方语言

11　奥古斯特·罗丹（Auguste Rodin，1840年11月12日—1917年11月17日），法国雕塑艺术家，主要作品有《思想者》《青铜时代》《加莱义民》《巴尔扎克》等。

的国家或地区的顶级演讲选手竞争,赢了他们,是对我的英语能力和演讲能力的终极体现和证明,那一刻,我忽然有一种强烈的感觉,那就是自己比任何时候都迫不及待地想要证明自己,因为……就在这个时候,门开了,"It's your turn, Anderson."(轮到你了,Anderson。)这一刻,终于到了!

/ 我的英文学习之路 /

时光回到多年前,那个时候,我还是一名正在读初一的学生。在 20 世纪八九十年代,大家学习英语都是从认识李雷和韩梅梅这两个人开始的;如今,《李雷和韩梅梅》已经变成了话剧、电视剧、歌曲等诸多影音作品的名字,李雷和韩梅梅不仅仅是英语入门的代表人物了。此外,不像现在的小朋友,在很小的时候就开始接受英语启蒙教育,在那个年代,学习英语一般是从初一开始的。

如今,大家都知道,对于学英语来说,开始接触时的年龄越小,学得就越快、越标准,等到上初一时再开始学,因为英语和日常生活中所习惯的中文的语音、语调、语法完全不同,学起来会很吃力。

而且,那时很少有英文绘本、试听资料可以通过网络下载方便地获取,学习资料很少,除了教材,只有与教材配套的磁带,如果想练习英语听力,只能反复听磁带上重复的内容。因此,主要的学习方式,是在课堂上跟着英语老师学习。

我父亲算是比较早接触英语的人,但因经济条件有限,并没有安排我提前学英语。父亲一直有一个遗憾,就是虽然他的英语阅读和写作水平还不错,甚至曾经给单位完整地翻译过一本书,但口语能力和听力能力几乎为零,就是我们通常所说的"哑巴英语"。父亲一直希望自己的儿子能说一口流利的英语,因此,从我学习英语的第一天起,他就反复告诉我:"孩子,学习英语最重要的是可以说英语、可以和别人用英语交流,这才是学习英语的本质和意义。"

从小到大,父亲说的很多话我都没有听进去,但所幸这句话我听进去了。于是,开始学习英语后,我格外重视对听力和口语的练习,每次上完英语课都反复听磁带,一遍一遍模仿着磁带里外国人的声音。

随着学习的深入,我逐渐发现了我们英语课堂的问题——英语老师的英语发音和磁带里的英语发音有着很大的区别,磁带里的语音、语调更加抑扬顿挫,发音方式和说中文时很不一样,而且,英语老师的英语发音还隐隐透着一丝地方口音,听起来十分怪异。不过,针对这个问题,从来没有同学提出过异议,我也只好沉默不语。

当时,英语老师最喜欢的教学方式是她读一句,我们跟读一句,于是,学着学着,几乎所有同学的英语发音都逐渐变成了那个"接地气"的味道。对于这种情况,我心中总感觉有一些不妥,学英语,不是学习外国人的语言吗?说英语,不是应该学外国人的语音、语调,而非坚持中国式英语吗?

于是,我开始尝试模仿磁带里说英语的腔调,即所谓的洋腔洋调。那时,身边无人指导,我只能自己摸索,由于缺少录像和录音设备,自己讲得是否标准,我无从判断。

在自顾自地摸索了两个多月后,我终于得到了一次展示机会——

上课时，老师突然点名，让我完整地把一篇课文读完。

被点名的那一刻，我异常激动，心怦怦直跳。"苦练了两个月，终于有机会展示给你们看了，你们就等着被我标准的英语发音震撼吧！"想着想着，我差点笑出声来。随后，我按照自己认为正确的方式，"洋腔洋调"地把整篇课文读完了。

但是，我读完课文后，迎接我的不是掌声，而是一声嘲笑："哈哈，他的声音也太好笑了吧！"

紧接着，全班哄堂大笑，各种声音接踵而至："怎么那么怪？""你们听他那个怪调，我模仿给你们听！""没错，就是这个味儿，哈哈！"……那一刻，我羞红了脸，内心五味杂陈，恨不得挖个地洞钻进去！尴尬中，我抱着最后一线希望看向英语老师，希望她能帮我解围，但英语老师也在笑，而且笑得上气不接下气。那一刻，在大家的爆笑声中，我的世界异常安静，安静得似乎不属于那里，我感觉，整个世界都抛弃了我。

恍惚中，我听到了一句话："以后按照我的方式跟读，不要去学那些洋腔洋调了。"

/因为坚持，才会看到希望/

那天，我不知道自己是怎么回家的，只记得，一回到家，我就把自己关进房间里，躲着不出门。我耳边一直回响着各种笑声，那一刻，我开始怀疑自己，自己这样练英语是否正确？是否应该继续坚持？

父亲察觉了我的异样，走进房间和我聊了起来。我把自己经历的一切都告诉了父亲,最后,我说:"我感觉这样练下去没有希望,不如老老实实地跟着老师学。"

然而,父亲斩钉截铁地说:"孩子,听我说,有些事不是看到了希望才坚持,而是坚持才会看到希望。"

那天晚上,我久久不能入眠,父亲的话一直在我的耳边萦绕,会有希望吗?我忐忑不已。

反复纠结了几天后,我还是选择了坚持。打定主意后,我开始更加刻苦地练习,因为坚信跟着外国人学外语才是正途。

于是,在那之后无数个学习英语的日子里,每当遇到困难和嘲笑,想放弃的时候,我都会想起父亲的话:坚持才会看到希望。随后重拾勇气,战胜困境。

经历了无数个反复听磁带的夜晚、点灯读书的清晨,经历了无数次第一轮就被淘汰的英语演讲比赛,一个英语学习中的"后进生",今天终于站在了这里……

/ 心向美好,美好终会降临 /

这个舞台很大,从边缘走到中央,我似乎走过了这个世界上最遥远的距离。侧目望去,听众席上有好多演讲高手,甚至有多位我认识的世界英语演讲冠军。曾经的我,多次坐在台下听他们演讲,而今天,舞台属于我,属于这个曾经被所有人嘲笑、屡战屡败却又屡败屡战的选手。

最终,在全场雷鸣般的掌声中,我完成了自己的英语演讲,那个

我最想分享的故事，终于在如此重要的场合，用 7 分多钟的时间，尽情地讲了出来。

不过，这一次，即使做了充分的准备，用尽全力，我依然没有拿到渴望已久的全国冠军。当得知我因为超时被取消成绩的时候，周围的朋友都向我投来了遗憾的目光。"小安，你的故事很好，完全可能得冠军。""好可惜啊，就超时了不到 5 秒钟，如果……"，听着大家的安慰，我的内心无比平静。回想往事，我觉得自己是幸运的，因为在那无数看不见希望的夜晚，我选择了坚持，而这份坚持，最终让我收获了成功的希望。

从那以后，我开始帮助更多的人发掘自己的希望。截至 2022 年，我已经先后培养出了 4 位全国青少年英语演讲冠军、十余位省级青少年英语演讲冠军，而自己，不仅获得了全国讲师大赛的金科前十，和曾经的中央电视台希望之星大赛主持人赵音奇老师同台演讲，还成为"希望之星——20 年 20 人"获奖者之一。

在这一过程中，每当我遇到因为表现不佳而想放弃的选手，我就会用这句话鼓励他们："有些事不是看到了希望才坚持，而是坚持才会看到希望。"因为我知道，不是每一声嘲笑都能激发渴望证明自己的力量，更多的人，可能会被嘲笑击垮，放弃希望和梦想。我希望用自己微薄的力量激励更多的人，帮助他们找回自信。

就像小说《基督山伯爵》中的那句话：人类的一切智慧就包含在这四个字里面："等待"和"希望"。

坚持心向美好，美好终会降临。

第三章 如何搭建自己的故事框架

/ 我的成长，我的故事 /

面对"写故事"这件事，很多人反复踌躇，不知该从何下手，总觉得自己的生活平平无奇，称不上是"故事"。但其实，每个精彩的故事，都来源于平平无奇的生活，将无数个起眼或不起眼的"感慨瞬间"加以贯穿，便能梳理出一条条故事主线。

确定"讲什么"的关键，在于确定输出什么样的价值观，我在接下来的故事力公式中列出了五个步骤，可以帮助大家解决写故事时应该讲什么的问题——通过确定方向找到想输出的价值观，通过确定角度构思核心金句，通过探索转变建立主要冲突，通过激发改变解决各种矛盾，最后深入挖掘、升华主题，完成一个故事的简单闭环。

回想一下，你的生命中，有能够套入这个故事力公式的故事吗？

故事力公式 我要讲什么？以"坚持梦想"为例

- 1. 确定方向（核心价值观）——坚持
- 2. 确定角度（核心金句）——有些事不是看到了希望才坚持，而是坚持才会看到希望
- 3. 探索转变（转折点事件）——那晚和父亲的谈话
- 4. 激发改变（解决矛盾）——选择相信坚持，选择相信希望
- 5. 深入挖掘、升华主题——坚持心向美好，美好终会降临

24个神奇故事公式

> **练 习 题**
>
> 套用以上"我要讲什么?"五步法公式,写一篇自己的故事。

◎本文作者小安老思,微信号为ycz110510,欢迎交流。

第二节
我讲给谁听？——明确我的受众群体
（文◎小安老思）

> 聊天就是王道，内容就是拿来聊的。
>
> ——科利·多克托罗[12]

/ 老友逝去，回忆仍存 /

再次走进 Kevin 的学校，面对他的同事、学生，我沉默良久，声音沉痛地讲起了我与他的故事——

我最后一次见 Kevin，是四个月前，在星巴克。

不同于以往的他，那段时间，他消瘦了太多，感觉用"皮包骨"来形容都不过分，他到底怎么了？

他表示不喝咖啡，于是，我买了一杯红茶给他。刚刚坐定，他就对我说："Anderson，不好意思，最近一直没有联系你，我生病了。"

确实，见到那种肉眼可见、不同寻常的瘦，任谁都能看得出他生病了，而且病得不轻。当时，凭我的经验与直觉，第一反应是立刻转移话题，谈谈别的事，毕竟，和患者聊疾病，很容易唤起对方的伤感和恐惧。

但 Kevin 不一样，他不仅没有被我岔开话题，反而自如地主动

---

[12] 科利·多克托罗（Cory Doctorow），1971年7月11日出生于加拿大多伦多，科幻小说作家。

聊起他的疾病来。很快，我得知，他得了胰腺癌！

/ 追忆往昔，活力无限 /

时光回溯到十个月前。有一天，Kevin 主动联系我，希望能约我出来聊一聊。

作为本地英语教育界的标杆人物之一，Kevin 一直是我敬重的大哥。十几年磨一剑，他呕心沥血地创办了当地最著名的全外教英语培训学校，有着几千名学生和三个独立校区，是个兢兢业业的教育工作者。

聊了几句后，他约见我的目的很快就清楚了——他希望我帮他筹办一个英文演讲俱乐部。

"Kevin 大哥，你为什么要筹办俱乐部呢？组建俱乐部不难，但需要用心维护，也需要众多老师付出时间和精力，保证一定的参与度。"

"嗯，Anderson，我明白。有什么需要你尽管说，学校一定会全力配合——三个校区，你想用哪一间教室都可以，我们也会制订一些奖罚制度，保证老师们参与活动。我希望通过组建并维护英语演讲俱乐部，让更多老师的能力得到提升，特别是公众演讲能力，因为这对于所有老师来说都非常重要，他们应该在讲台上表现得更自信、更有魅力，这一点，和专业能力同样重要。"

对于他的这个说法，我深以为然，从他的眼神里，我读出了坚定。他希望借助英语演讲俱乐部这个平台，帮助老师们更好地成长。

后来，我们又聊了很多，我惊诧地发现，作为一个已从业十余年的教育工作者，他对教育事业的热情强烈依旧，在他的身上，仍然有着那种活力四射的创业激情，而对于行业顽疾，比如英语教育质量标准化程度不高、产品平台化亟待完善等，他也都有着新颖的见解。

那个时候的他，壮志雄心、激情澎湃，正渴望攀爬事业新高度。

/ 无畏疾病，乐观自信 /

时光回到四个月前的星巴克，坐在我对面的那个人，真的是我熟悉的 Kevin 大哥吗？他瘦了至少十公斤，病魔把他折磨得形象大变，让我几乎认不出他了，唯一不变的，是他那坚毅的眼神。

即使病情如此严重，病魔也没能摧毁他的意志，相反，面对疾病，他表现出了惊人的乐观和自信："我正在接受中医治疗。化疗的方式就不考虑了，不仅影响生活质量，还很浪费时间，学校里还有很多事情等着我去打理呢。你别担心，我的主治医生对于治疗癌症很有经验，之前有很多成功的案例，我愿意相信他，现在的治疗主要以调理为主。对了，现在我体内的癌细胞已经转移到肝脏了，他采用的治疗方式还能帮助我优化肝功能！"

"Kevin 大哥，你还是多注意休息吧，少操心，赶快把身体养好才是关键。"

"没关系的，我身体好着呢。我现在每天都会下楼走走，没有什么不舒服。现在，学校里有那么多人，很多项目等着做呢，我可不能休息。对了，最近我准备继续推动英语演讲俱乐部的发展，你帮我做

一个 Open House（开放参观日）筹划吧。"

当时，英语演讲俱乐部已经搬进了他的学校，所处的地理位置很便捷，但老师们晚上太忙，工作也非常辛苦，主动参与活动的老师不多。

于是，Kevin 希望能通过制订一些奖罚机制，鼓励更多的老师前往英语演讲俱乐部锻炼、成长。

那天下午，我们聊了将近三个小时，谈了很多关于学校、俱乐部和疾病的事情，其中，最让我动容的，是 Kevin 面对病魔时的坦然、自信和乐观，我不知道是什么力量在支撑着他。

临到分别时，他才告诉我："Anderson，你知道吗？我去医院检查的时候，医生告诉我，我只能再活几个月了，但我相信，我能行！我能战胜病魔！"

"嗯，我也相信你能行！"看到他能如此自信和坦然地面对死亡威胁，我想都没想，就这样回答。

听到我这样说，他转过头来，我看到他在微笑。

/ 最好的告别，就是忘记告别 /

没想到，这个微笑的他，成了我的记忆中他最后的样子。

生命的奇迹终究没有发生……

Kevin 大哥还是离我们远去了。

其实，两三个月前，我给他发微信、打电话都收不到回复时，我就隐隐有了不祥之感，直到有一天，朋友问我："你可以参加 Kevin 的追悼会吗？"

那一刻，我不知道自己能说些什么。很多时候，你还没有准备好道别，就已经永远地失去了道别的机会。我推掉了第二天的所有事务，去送他最后一程。在那里，我看到了他的亲属、朋友、同事，大家都怀着悲伤的心情，送他最后一程。

哀乐奏起的一瞬间，我突然流泪了。我这样一个理性、克制的人，居然流泪了。

其实 Kevin 大哥和我的交集并不是太多，我们见面不到十次，为什么我会如此动容呢？

后来，我多次和 Kevin 的妻子沈姐进行交流，她告诉我，直到生命的最后一刻，Kevin 还在微笑着对她说："没关系，我能挺过来，你不要担心我，我能行！"

每当想起 Kevin 大哥，我都会情不自禁地思考一个问题，如果面对死亡的是我，我会不会这样乐观、坦然。一想到这个问题，我就一阵惭愧，面对平日里的挫折时，我都很难保持淡定与从容，更不用说面对死亡了。

今天，当我再次来到 Kevin 的学校，看到学校依然在有条不紊地运行，听到学生们琅琅的读书声，我想，也许这就是 Kevin 留给我们的最好的礼物吧！虽然他已然离开了这个世界，但是他积极乐观的精神依然影响着我们每一个曾经接触过他的人，每当我们遇到困难、挫折的时候，想想他面对死亡的勇敢和坦然，一切困难就都烟消云散了。

24 个神奇故事公式

我会永远记得他的那句话:"我能行!"

/ 寻找共情点,与君共勉 /

既然是"讲故事",一定会面对"听故事"的人,那么,谁在听故事,就成了影响故事内容的一个很重要的因素。我们的故事不仅需要讲出来,还需要被听懂,所以,找到"讲故事的人""听故事的人"和"故事中的人"的共通点,具备共情点,才有希望打造让人感同身受、记忆深刻的好故事。

故事力公式 我讲给谁听?以"讲给第三方"为例

- 1. 描绘受众(写出角色)——Kevin 的朋友、同事
- 2. 受众分析(3W 分析法)——Who(谁:明确主体的身份特点);What(讲什么:寻找共情点,引发共鸣);Why(为什么要讲:通过故事,达成怎样的目的)
- 3. 分析导入(通过"五步法",进行艺术加工)——

(1)确定情感方向(积极乐观或消极悲观)

(2)找到叙述角度(围绕塑造人物个性的关键点,使之形象、立体)

(3)探索转变节点(能够带来强烈情感刺激的关键性事件)

(4)激发改变(故事发生后对现实的影响)

(5)深入挖掘(升华主题)

> **练习题**
>
> 　　套用以上"我讲给谁听？"三步法公式，结合真实生活事件，写一篇讲给第三方听的故事。

◎本文作者小安老思，微信号为 ycz110510，欢迎交流。

第三节
我为什么讲？——明确我的叙述目的
（文◎小安老思）

> 我认为，在写作的过程中，结构最重要。你可能会想到一个奇妙的情节，但你必须知道如何构建这个情节，如何引导，否则再好的情节也无法发挥充分的影响力。
>
> ——贝丽尔·班布里奇[13]

/ 幸福的童年与最爱的人 /

我一直觉得，人生中最幸福的事，是拥有如我父母一样的父亲和母亲。

他们永远是最爱我的人，不管遇到什么问题，都会竭尽全力地为我着想、帮我解决，有他们在，我觉得非常踏实、安心。

幼年时，在我心中，父亲是无所不能的超人，不管家中的家具、电器出了什么问题，他总能迅速将它们修好。除了这一点，父亲对我最大的影响，是在我的成长过程中，给予我无数激励和陪伴。

父亲一直觉得，坚持锻炼、拥有一个健康的体魄对孩子的成长来说尤为重要，所以，他非常重视我的日常运动。与很多家长经常口头教育、很少以身作则不同，父亲对我的引导方式主要是陪伴，从小学一年级开始，每天早上6点，父亲都会准时把我叫醒，雷打不动地陪

---

13 贝丽尔·班布里奇（Beryl Bainbridge），英国女小说家。

着我长跑、短跑、练俯卧撑等,因为有他的陪伴和以身作则,我从小就拥有比较强健的身体。

除了陪着我锻炼,父亲对我最重要的陪伴,还有陪着我学习英语。

在大多数家长更重视卷面分数的年代,他一直认为,学习英语,最重要的是能够用英语与他人交流,所以口语十分重要。说起来,这是他一直以来的遗憾——虽然有一定的英语阅读能力,但他学的是"哑巴英语",完全无法实现日常交流。

那个时候,学英语的热潮刚刚兴起,我们生活的城市开始有志愿者自发地组建一批又一批"英语角",而父亲总是会第一时间收集相关活动信息,陪着我从城东跑到城西,积极地参加各种英语角活动。虽然他听不懂,也不敢说,但他总是陪在我身边,为我加油打气。

当我有了一定的英语口语练习和经验积累后,父亲开始鼓励我参加一些英语演讲比赛。那时,恰巧碰到"希望之星"英语风采大赛第一次来到我的家乡城市进行参赛人员招募,虽然我当时已经进入大学,在另外的城市生活,父亲依然不肯错过这一机会,积极地帮我报名,让我能够参加这一在当时看来非常高端的赛事。

应该说,我始终对英语保持着浓厚的兴趣,后来能成为英语演讲冠军,登上世界英语演讲赛的舞台,并且入选"希望之星——20 年 20 人",一切都来源于父亲在少年时期为我埋下的那颗名叫"陪伴"和"支持"的种子。

如果说父亲对我的影响来自激励和陪伴,那母亲对我的影响,主要来自默默地奉献和付出。读中学后,由于学校离家比较远,每天早上，我必须很早起床，出门赶早课，为了保证我每天都能按时吃早饭，母亲总是比我起得更早，日复一日，天不亮就洗锅刷碗，烹饪美食。

生活中的点滴照料太多太多，虽然有时候，我也会因为意见不一致，和父母发生争吵，但是我知道，他们永远是最爱我的人。

/ 平静生活中的惊涛骇浪 /

工作以后，特别是成家以后，我回父母家的机会逐渐少了，但他们依然按照自己的节奏关心着我，每隔一段时间打一个电话，嘘寒问暖。

直到有一天，这一切发生了天翻地覆的变化。

在我的微信中，有一个"大家族"微信群，群里不仅有我和我的父母，还有其他亲戚。有一天，我的一位婶婶突然在群里发了一张我小时候的照片，奇怪的是，这张照片我从来没有见过，而且，照片中的我比我曾经见过的最小时候的我还要小，紧接着，就是一段奇怪的语音："你知道吗？你的爸爸妈妈看到这张照片后，才决定要你。"

我听到这句话，大脑一片空白。什么意思？这件事发生时，我已经36岁了，什么叫看到那张照片后才决定要我？难道父母藏着什么秘密没告诉我？

在那条语音后面，我连发了好几个问号表情，然而，群里像没有人一样寂静，连续几天，也没有一条消息对这件事情做个说明。而父母那边，也突然与我断了联系，他们连续几天都没有再给我打电话。

我拿着电话，犹豫再三，没有往家里打。我决定直接回家一趟，

第三章 如何搭建自己的故事框架

向父母问个究竟。

当我再次走进家门，我发现，父母看向我的眼神是从未有过的异样。吃完饭，沉默了许久，父亲缓缓起身，从身后的柜子中拿出了一个盒子："这是你的出生证明，孩子，我们应该早一点告诉你的，你不是我们的亲生孩子。"

什么？那个瞬间，我的大脑里充斥着无数个为什么，以至于完全说不出话来。我活了36年，居然才知道这个消息，为什么没有人告诉我？我的父母究竟是谁？为什么他们不要我？为什么我才知道这一切？为什么……

父母的表情非常奇怪，我之前从来没有见过他们那样的表情，很矛盾，很无奈，我第一次感觉他们如此陌生。

我不知道自己那天是怎么离开家的，只记得隐隐约约中，看到了他们落寞的身影。

随后几天，我一直陷在深深的痛苦中。我最爱的父母，我生命中最重要的人，竟然不是我的亲生父母！我感觉自己是被世界遗弃的孩子，没有任何东西值得我去相信了。

过了几天，我才逐步了解到，原来那位在家族群中发照片的婶婶，才是我真正的母亲——从小到大，我甚至没有和她说过几句话。而我父亲的亲弟弟，是我的亲生父亲。

"好吧，总算不是捡来的。"我苦笑着，这样调侃和安慰自己。

我把这一切告诉了妻子，她并没有安慰我，但她说的话，彻彻底底地转变了深深陷入郁郁寡欢状态的我。

"你知道吗？小安，你是一个幸运的人。"

"什么？幸运的人？经历了这种事情，你就不要拿我开玩笑了。"

"我没有开玩笑，我就问你一句，你觉得他们爱你吗？"

回想过往，我点点头。我承认，他们对我的爱，是全心全意的。

"既然如此，你现在不仅拥有养育你的父母，还找到了你的亲生父母，你拥有着双份的爱，还说自己不是一个幸运的人吗？"顿了顿，她接着说道，"家里人一直没告诉你事情的真相，一定有他们的苦衷。我觉得，是不是亲生的并不重要，重要的是，他们是否像真正的亲生父母那样，全心全意地对你好。真正的爱、亲情，融于陪伴你的每一个日夜，而不是一种形式，一个简单的名词。"

那一刻，我恍然大悟。一件事的好坏，也许并不在于这件事本身，而仅仅在于你对它的看法。这件事，当我带着悲观的心情看它时，我会埋怨世界的不公——为什么亲生父母要把我过继给他人？但是，当我带着积极乐观的心情去看它时，就会发现，自己拥有两对父母，拥有的爱也是双份的。

后来，一切缘由都清楚了。由于一次意外，我的养母失去了生育能力，那个时候，综合各种情况，最好的选择是生父生母把我过继给我的养父养母——养父养母可以得到一个孩子，生父生母可以再生一个孩子，而我，可以获得更好的成长条件。

我一直以来认为的堂弟，其实是我的亲弟弟。

第三章 如何搭建自己的故事框架

/ 讲出来，与"意外"和解 /

如今，距意外获知真相的那个晚上已经过去了很久，我曾经的愤怒、悲伤、不解早已烟消云散。通过这件事，我学到了人生中最重要的道理——回想过往，生活中，我们可能会遇到安逸、快乐、惊喜，也可能会遇到纠结、悲伤、彷徨，所谓幸福，往往不来自事件本身，而来自自己的选择，有时候，当你选择积极乐观地看待一件事，你就能变得幸福。

当我能够平静的、带着感恩的心写下这个在他人眼中有些不可思议的故事时，我知道，自己真正地完成了与自己的和解。

正所谓"离去的都是风景，留下的才是人生"，只有将故事说出来、将心结解开，我才能更从容地面对未来的生活。

想到这里，我又该给父母打一个电话了，哦，不对，应该是打两个电话。

故事力公式 我为什么讲？以"说出故事，达成和解"为例

- 1. 埋设背景——叙述关键性事件发生前的日常状态，对与关键性事件相关的生活侧面加以描写
- 2. 冲突转折——介绍关键性事件发生时的场景，引爆冲突
- 3. 矛盾困难——对关键性事件发生后的生活环境变化、心理状态变化等进行刻画
- 4. 顿悟觉醒——在顺利完成情绪转变、真正接受这一关键性事件的存在后，写下这段经历给予自己的成长与转变

24个神奇故事公式

- 5. 升华主题——平静地对这一关键性事件进行回忆，达到接受变化、与自己达成和解的目的，对故事主题进行升华

练习题

　　套用以上"我为什么讲？"五步法公式，结合真实生活事件，设定目标（与自己和解／记录成长瞬间／反思失败经历等），写一篇自己的或者别人的故事。

◎本文作者小安老思，微信号为ycz110510，欢迎交流。

Chapter 04
第四章

如何打磨故事细节

24 个神奇故事公式

第一节
清晰,能被听懂的故事,才是好故事

(文◎陈琰)

麦肯锡有一个在商界流传甚广的"30秒电梯理论",也叫"电梯演讲",即公司要求员工都必须有在30秒的时间内向客户介绍方案的能力。

/ 演讲,童年的荣光 /

回顾30余年的人生,我发现,我的闪光时刻都是演讲赋予我的,尤其是在学生时代那为数不多的记忆片段里,最清晰的身影属于那个喜欢站在舞台上的从不怯场的我,以及那个痴迷于站在小河边不停地读书、背稿的我。

小时候,我家门前有一条小河,每天早上,我都会在河边朗读课文,直到会背诵为止。一边读书,一边听着潺潺的流水声,是我那时最享受的事情。而拿着话筒在大庭广众之下发言,对我来说也从来不是挑战,在国旗下讲话、作为学生代表发言、参加主题演讲比赛、争做联欢会主持人……我是如此迷恋话筒,拿起话筒的瞬间,会感觉全世界都是我的!

那个时候,我尚不知道这就是演讲,也不知道这种能力对我的未来发展有什么作用,只是在内心深处埋下了一颗种子,一颗爱说话、爱表达的种子。

/ 一时失利，难解心结 /

回忆向后延伸，色彩逐渐退去。

由于高考失利，我进入了一所自己并不满意的大学。记得在父亲送我去学校的路上，我告诉他，我对大学没有一点期待，也并没有即将开始一段新生活的兴奋，越临近学校，我的心情越沮丧，觉得那个不愿意面对的未来马上就要真实地在我眼前铺开，不甘心却不知道该如何去改变！然而，父亲什么都没说，我还是迈入了那所大学的校门。

进入大学的第一年，我回避着与所有旧时同学的联系，也很少参加学校组织的活动，只想将自己包裹起来，浑浑噩噩地度过大学四年。

转折点发生在大二那年。那年学校组织了一场主题演讲，舍友开玩笑般偷偷地替我报了名。我清楚地记得，拿起话筒走上舞台的时候，我内心深处某个沉寂已久的渴望似乎被唤醒，那是一种久违的感觉，熟悉又陌生。

按部就班地比下来，没想到，我竟然在那次主题演讲中取得了第二名！那一瞬间，我感到很意外，因为灰头土脸地在大学里"混"了一年后，我几乎已经接受了自己是一个"废柴"的事实，想都不敢想竟然能取得名次。

想来可悲，几年前，我曾是那个每次参加演讲比赛时都对第一名志在必得，永远觉得自己是王者的小女孩，几年后竟然会因为得了第二名而窃喜，甚至在潜意识里感觉自己配不上这样的成绩！

一周后，在本年级举办的演讲比赛中，我再次被舍友推荐参赛，

却鬼使神差地做了一件直到现在想起来都会鄙视自己的事情——在比赛即将开始的时候，我以身体不适为借口，弃赛了。

我不知道自己当时为什么会做那个决定，也许是害怕短暂成功后会再次失败，也许是觉得以自己那时的状态，不配拿着话筒，不配拥有舞台。

正式比赛那天，我一个人推着自行车经过比赛礼堂，礼堂里面灯火通明，掌声、笑声不时传出，我像一个 loser（失败者）一样逃离那里。风吹在脸上，很疼，就连想为自己流眼泪，我都觉得没有资格。

从那天起，我跟演讲、跟舞台彻底地告别了，在之后的大学时光中，我从来没有参加过任何演讲比赛或主持发言，也不愿意去竞选任何校级组织或社团的学生干部。那次的弃赛选择仿佛奠定了我整个大学灰暗空洞的基调，让我坚定地觉得自己应该远离人群，做一个旁观者！

/ 重燃荣光，赋能人生 /

有句话这样说，世间的所有相遇都是久别重逢！同理，与机会的每一次不期而遇，都早已在暗中埋过伏笔。

在我大学毕业，刚刚参加工作的时候，我接到的第一个重要任务是参与企业核心理念演讲。时隔这么久，我再次站上舞台时，心情复杂——有一些敬畏，有一些期待，也有一些紧张。不过，似乎是因为被压抑了很久，也积蓄了许久的力量，经过全力以赴的准备，我自认为完成了一次较为满意的演讲。最终，我不仅拿下了全公司的讲演冠军，还被公司领导指定主持当年的公司晚会。

在不进则退的职场压力下，我的能量似乎在慢慢回归，幸好，小时候就崭露头角的天分，没有再次辜负我。

后来，在公司举办的演讲比赛及各种晚会活动中，我成了夺冠的热门、主持人的不二人选，慢慢地，我似乎又找到了当年那个从不怯场的小女孩的自信感觉，又成了那个热衷于在河边背书、拼命努力的小女孩，久别重逢的感觉太美好了！

更奇妙的是，在当年的演讲比赛中获得第二名的男同学，后来成为我的主持搭档，并与我日久生情，成为我的老公。

属于我的人生色彩似乎又在慢慢显现，一切发生得出其不意，却又顺理成章。直到现在，我仍然清楚地记得，重拾话筒、夺得冠军的那个瞬间，我内心似乎被某种兴奋击中，有开闸泄洪般的冲劲。

一时的失利，绝不是逃避现实的借口。我知道，每个人都渴望这个世界上有一束光为自己而亮，如果一时找不到这束光，也不必慌张，因为别忘了，你自己也有发光的能力。找到自己的天赋和兴趣，放手搏一把，你会发现，站在属于自己的光亮中，你可以更坦然地对自己说，我值得与更美好的人生相遇！

重拾自信后，我开设演讲表达课、公益训练营，和朋友一起成立演说协会，用演讲帮助别人，用表达赋能人生、点燃生命……不仅有了属于自己的光亮，还开始用这束光去照亮别人！

24个神奇故事公式

/ 把故事讲得清晰，你会明白我的心意 /

在演讲表达课、公益训练营中，我发现，在人与人的沟通中，我们有95%的时间被用来解决我有没有说清楚、你能不能听得懂的问题，所以，把故事讲得清晰，是提升故事力的关键。

以前文的故事为例，如果我不对小时候的演讲天赋加以介绍，后期的爆发式成长就毫无依据；如果我不讲高考时的失利与大学时的自我封闭，读者就很难理解我工作后再次站上舞台并获得成功时的激动心情……

所以，讲故事时不要急，讲得清晰、能被听懂，就不失为一个好故事。

故事力公式 循序渐进、逐步完善

- 1. 确定主线：我有一个执念（梦想、回忆、教训、遗憾……），多年来念念不忘
- 2. 搭建结构：使用"过去……现在……未来……"的结构或"事情开始……然后……最后……"的结构进行叙事
- 3. 控制节奏：合理把握叙事节奏，控制各叙事环节所占的比重，比如，开始时……（10%~15%），随后……（70%~80%），最终……（10%~15%）

试着套用故事力公式写出关于你自己的故事,看一看如此梳理后,你的故事是不是更加清晰且有逻辑了。

◎本文作者陈琰,微信号为Chenxiaoguai1223,欢迎交流。

第二节
悬念，好奇是全情投入的助推器

（文◎陈琰）

许多年以后，面对行刑队的时候，奥雷良诺·布恩迪亚上校一定会想起父亲带他去看冰块的那个遥远的下午。

——加夫列尔·加西亚·马尔克斯[14]

/ 再见，爱人 /

在距离家门还有100米的时候，她攥住手机，用力地发送了两个字：离婚！

然后，她坐在小区里的长椅上，望着楼上那个熟悉得不能再熟悉的、被称为"家"的地方，默然。今天是结婚十周年纪念日，她却发出了那两个冰冷的字，直到现在，她的手似乎还在颤抖。

她坐着，等着，但手机一直没有接收到回复信息。

她呆呆地看着手机，希望他回信息，但是又害怕他回信息。

14　加夫列尔·加西亚·马尔克斯（1927年3月6日—2014年4月17日），哥伦比亚作家、记者、社会活动家，拉丁美洲魔幻现实主义文学的代表人物，20世纪最有影响力的作家之一，1982年诺贝尔文学奖得主，代表作有《百年孤独》（1967年）、《霍乱时期的爱情》（1985年）。文中的引用，选自他的作品《百年孤独》。

/ 人生若只如初见 /

人生若只如初见,何事秋风悲画扇。

很多年前,在一次朋友组织的聚会上,他唱了一首英文歌——Rose,然后,在灯光下对着她微笑。那一瞬间,她心动了,这个男孩单纯又热烈,瞬间打开了她的心扉。

后来,她一次又一次地被他感动——

清晨上班时,他坐在公交车上,会对着车窗玻璃哈出热气,并画一个爱心,傻傻地隔着车窗望着她;

结婚的时候,看着身穿婚纱的她,他笑着笑着就哭了,说为了这一天,他花光了这一生的运气;

为了买到心仪的房子,每天早上,他们都会互相加油打气,而晚上常在一起学习提升,为了挣房款一同努力;

拿到房产证的时候,他们一起幻想着新家的布置风格,他说,她是他的幸运星……

结婚两年后,他们的宝宝出生了,是跟爸爸长的一模一样的男孩。当产房外别的父亲都第一时间冲过去看宝宝的时候,他一言不发地等着她被推出产房,然后疼惜地在她耳边说"辛苦了";

在儿子的成长过程中,他时时参与,不管是陪着儿子做游戏,还是为儿子辅导功课,他都乐在其中……

他们的生活幸福又美好,如果偏要说有遗憾,就是他们一直没有得到盼望中的女儿,他不止一次地说:"我们的儿子像我,你可以通

过儿子的成长,看到我的成长过程,而我更想看到你是怎么长大的,所以,生一个像你一样又高又白的女儿吧,我们好好宠她,一家四口一直幸福地生活下去……"

想到这里,她不再犹豫,站起身,准备回家,同时坚定了自己的想法。

/ 再,见爱人 /

这时候,手机响了,信息里同样只有两个字:回家!

她推开家门,映入眼帘的首先是一大捧百合花,随后,从百合花的后面探出了老公的脸。一脸笑容,但眼睛略有泛红。

他一把将她拥入怀中,说:"我收到医院发的检验报告单了。有我在,你别想跑!"

她说不出话来,眼泪无声地流。良久,看着躺在桌子上的检验报告单,她伪装的坚强一点点瓦解:"可是……我们还想要一个女儿……"

他捧着她的脸,认真地说:"你就是我的女儿,我要一辈子宠着你!"

"可是……我得的这个病……"

"肯定没事!放心吧!快去陪儿子玩,等我给你们做大餐!"

推开房间门,儿子正在画画,她看着看着,眼圈不由得又红了。

儿子听见啜泣声,回过头奇怪地说:"妈妈,你和爸爸怎么了?

爸爸刚才也抱着我一阵大哭，我从来没见过爸爸哭得那么厉害……"

她心里一痛，转头看向在厨房里忙碌的身影，正好他回头，迎上她的目光，立刻绽放微笑。不同于十年前初相遇，对着她唱歌时的微笑，此时的微笑单纯却坚定。

结婚十年，再见爱人？再，见爱人！

……

/ 不是吧？然后呢？/

我有一个朋友，是资深影评人。某次聊天时，我问他，什么样的电影最吸引人？他说，当你在看这个电影时，随着情节的推进，脑海里只有两句话，一句话是"不是吧？"，另一句话是"然后呢？"，这个电影就可以称得上是一部成功的电影。

其实，对于写故事来说，也是这样的，只有时刻让读者保持着向下探寻的好奇心，才能称得上是一个好故事。

读完以上故事，你是什么感觉呢？是不是既好奇他们的过往，又奇怪检验报告单上究竟写了什么，同时迫不及待地想知道接下来他们的生活会走向何方？保持悬念，故事的精彩指数顿时飙升！

故事力公式 善用悬念与转折

- 1.挖个坑（设置悬念，激发疑问）：某天突然见到奇异的现象/做出反常的行为
- 2.刨得深（加深疑问，引发好奇）：回想起过往/与该现象或行

为相关联的事情 / 种种线索
- 3. 搬点土（引出事件，指向原因）：于是开始采取某种行为
- 4. 种上树（给出答案，恍然大悟）：发现事情的走向渐渐明朗 / 水落石出

> 练 习 题
>
> 　　试着套用故事力公式，写一个悬念迭起的小故事（可以适当虚构，但一定要紧紧围绕故事主线，切勿天马行空）。

◎本文作者陈琰，微信号为Chenxiaoguai1223，欢迎交流。

第三节
共情，听众"加入"了，故事更精彩

（文◎赵冰）

> 共情是一种与生俱来的力量，他从祖先那里传承下来，并且赋予我们生活的能量、方向和目的。
>
> ——《共情的力量》[15]

/ 书音，启程 /

在我决定运营一间书店的第一天，就有一个心愿——希望通过自己的努力，让更多人爱上读书。这个心愿，就像一粒种子一样，埋在我的心里。

2015年，一次偶然的机会，我在现场听了一场 TED 公开演讲[16]，被它的内容和形式深深地震撼了。演讲结束那一刻，我突然灵光一闪：如果把读书和演讲结合起来，是不是能更好地推广阅读呢？

于是，回到家，我就开始在自己的书店中筹备举办"阅读类 TED 活动"，定名为"书音"。经过紧张又充实的策划、落实，第

---

15 《共情的力量》，美国心理学家亚瑟·乔拉米卡利和凯瑟琳·柯茜著。
16 TED, technology entertainment design 的缩写，即技术、娱乐、设计。自2002年起，每年3月，TED 大会会在美国召集众多科学、设计、文学、音乐等领域的杰出人物，分享他们关于技术、社会、人的思考和探索。

一期"书音"活动如愿举办,很多优秀的分享者走上了那个虽然不大,但也拥有着聚光灯的舞台,分享他们心中的好书。

第一期"书音"活动结束后,好评如潮。

可是,没过多久,我便陷入了纠结。"书音"活动是没有任何收入的"非营利活动",不仅如此,每筹办一期,都要投入大量人力、物力、财力,我并不知道自己能坚持多久。

那段时间,每到深夜,内心都有一个声音冒出来,毫不客气地问我:"你还要继续做下去吗?"

/ 书音,在成长 /

让我没有在刚刚启程时就选择止步的动力来源是一次"书音"活动结束后一位参与者给予的强烈反馈。有一次,一位分享者在"书音"的舞台上谈到了与家庭暴力有关的话题,活动结束后,一位参加了活动的姑娘特地跑到后台找我,向我表示感谢。当时,那位姑娘满眼泪水,我了解后才知道,原来她有过类似的经历,书中的故事及分享者的分享让她重新获得了生活的勇气。

那天交流到最后,她表示特别希望我们能一直把"书音"活动办下去,影响更多的人。

那位姑娘的眼神,让我一遍一遍地对自己说:"一定要坚持啊!"

"书音"活动就这样在喜爱它的人们的支持中一场接一场地举办着,很快,我遇到了新的难题——随着参与者的期望越来越高,大家对活动品质的要求也越来越高,与之对应的,是投入越来越大。我原以为这么好的活动，一定会有赞助商愿意提供支持，只要撑过起步阶段的艰难，情况就会慢慢好转，然而，现实情况是我努力地谈合作、拉赞助，但被拒绝、碰壁的次数远比获得认可的次数多。

那段时间，我每天白天都激情澎湃地对着潜在赞助商介绍："您好，请了解一下'书音'活动！"而晚上回到家，被拒绝了无数次的心情沉在谷底，孤身一人置身在无尽的黑暗中，感觉无比绝望。

活动很好，但需要经济支持，感觉难以为继的时候，内心的那个声音又冒了出来："你还要继续做下去吗？"

/ 同行人，请坚持 /

这一次，让我坚定继续走下去的决心的是走上"书音"活动舞台的一位分享者。这位分享者叫许天伦，是一位脑瘫诗人，全身上下只有一根手指能活动，但他坚持看书和写作，用两年的时间，写下了500多首诗，出版了两本诗集。他在舞台上分享自己的生活经历与心路历程的时候，在场的所有人都被震撼了，我也被深深地鼓舞了——信念的力量、坚持的力量，如此强大。

那场"书音"活动结束后的第二天，我的心情依然难以平静，翻看着过往的朋友圈，浏览着大家的留言和点赞，我不由自主地在脑海中重播那位姑娘的眼神、脑瘫诗人许天伦的分享舞台，以及支持过我的志愿者、分享者和观众们的热切目光、热情反馈……心中涌起一阵阵暖流。那天，我一字一顿地在朋友圈中写下了四个字：十年之约。我发誓，要将举办"书音"活动这件事坚持至少十年！

24 个神奇故事公式

直到今天,我依然会在不同人面前不断地复述这个"十年之约"的故事,因为坚持这件事说起来很酷,做起来很苦,我非常害怕自己有一天会放弃。所以,我干脆做一个"公众承诺",求围观、求监督。

我咬着牙,也要走完这十年!

/ 加入,被感染 /

截至 2022 年,"书音"活动已经陆续吸引了 2000 余人亲临现场,超过 10 万人次在线观看直播。虽然一直在"亏本",但因为坚持,当初埋在我心里的那颗名叫"阅读推广"的种子已经生根发芽,长出了一朵花。

相信在时间的灌溉下,这朵花会裂变成一座美丽的花园。

不计得失地坚持,做一件自己觉得值得的事,这就是我和自己的"十年之约"!

故事力公式　情怀

- 一个机缘:一个偶然的 / 奇妙的机缘
- 一个事件:引发了一个好的 / 不好的事件
- 一段波折:经历了一段波折的 / 荣耀的过程
- 一个信念:找到了一个信念 / 方向
- 指引未来:明确一个梦想 / 未来 / 规划

> **练习题**
>
> 套用上面的公式,写一篇用情怀吸引身边人,从而让梦想不断发展壮大的故事。

◎本文作者赵冰,微信号为 ohzhaobing,欢迎交流。

Chapter 05
第五章

如何在最适合的场合,用最适合的情绪,讲最适合的话

第一节
预测，提前想象可能面对的场景

（文◎刘静）

季文子三思而后行。子闻之，曰："再，斯可矣。"

——《论语·公冶长》[17]

/ 无名之火 /

距离正式上课还有两分钟，与往常一样，吴老师大步流星地走进教室，左手抱着书，右手习惯性地拎着她惯用的半米长的小木棍——这根小木棍一直被她亲昵地称为"爱的大棒"，在学生们眼里，这是班主任的标配。

"咦，都这个时间了，怎么还缺这么多人呢？"吴老师一边敲着讲桌，一边拧着眉头吼道。那音量，估计隔壁教室里的人都能听到。

"大家去……去楼下捡书了。"班长闻言迅速站起身，忐忑地答道。

"捡书？捡什么书？"怒火在吴老师眼中燃烧。

"高三的学长、学姐高考结束后，不要的教科书、辅导书。"班长急忙解释。

"马上就要上课了，还下去捡那些破烂？有没有时间观念！去，把他们都喊回来！"吴老师连敲了两下讲桌，火气越来越大。

---

[17] 《论语·公冶长》，《论语》中的第五篇，共计 28 章，以谈论仁德为主线。

班长迅速跑下楼，不一会儿就气喘吁吁地回来了，身后跟着一串低着头的孩子，每个人手里都拿着数量不一的旧书，鱼贯而入。

"你们才上几年级，就这么'心比天高'？去捡高三学生不要的书，看得懂吗？"吴老师用她的"爱的大棒"敲着讲台，皱着眉头说。

"看得懂的，语文书可以凑齐一整套，完全没有缺页。还有英语词典……"一向胆大的周小丫解释道。

"还学会辩解了？有本事自己上考场去考！捡别人不要的旧书、破烂，你们还有理了？"吴老师更加生气了。

"我们带回来的都是有用的书，真的不是破烂！"愣头青李小刚嘟哝道。

"还顶嘴？都站到教室外面去罚站！"吴老师气红了脸，一边敲讲桌，一边怒吼。

慢慢吞吞、磨磨蹭蹭、嘀嘀咕咕……刚进来的学生们，又鱼贯而出。

已经上课十多分钟了，这场因捡书而起的"师生拉锯战"还没有结束，等所有学生都认了错，陆续回到教室时，离下课只有十多分钟了。唉，这事处理的——老师不开心，学生不服气，大家都不好受，还耽误了宝贵的上课时间。

谁之过？

都有错！场合不对，情绪不对，说的话也不合时宜。

/ 灭火、救火 /

作为目击者，在吴老师消了气，情绪稳定下来后，我找到她，进

第五章 如何在最适合的场合，用最适合的情绪，讲最适合的话

行了如下对话——

"今天你这火发得可真大，是真的生气了？不过，我到现在都没有想明白，你这样处理这件事的出发点是什么？"

在不带情绪的时候，事情的眉目慢慢清晰了。吴老师叹了一口气，说道："马上就要期末考试了，大家的压力都很大，我只是想让他们别浪费时间，集中精力好好复习，考个好成绩。今天，到班里一看，马上就要上课了，教室里空荡荡的，于是火就来了。现在冷静下来仔细地想了想，其实他们没犯什么错，就是从别人不要的废品堆里捡了些书而已，而且，换个角度想想，这种行为还可以用'求知若渴'来解释呢。"

"对呀，你今天发火，可以说是太'无厘头'啦，不仅没有节省时间，还耽误了一节课，更得不偿失的是，让学生们的状态变得更加糟糕了。如果换一种方式，用更合适的情绪和话语处理这件事，会不会效果更好？"我拍了拍她的肩膀，带着微笑，期待着她的思考和调整。

"更适合的情绪和话语？刚才真的没想这么多……怎么做，才是更合适的呢？"她若有所思地抿了抿唇。

"预测！提前想象做出某种反应、说出某句话后可能面对的场景，选择其中的最优选项，就能避免这种遗憾的结局了。"我层层递进，"比如，先肯定他们对读书的热情，再点明当下最急迫的事情是认真上课、全力备考，帮助他们分清主次。如果你有时间，甚至可以在课后陪他们一起去旧书堆里'淘宝'，没准真的能帮他们

选到适合他们的辅导书呢?毕竟那都是高三毕业生们用过的书,不是真的'破烂'。"

如果能够提前预测学生们的反应和有可能造成的局面、后果,就不会用这么差的情绪,说出这么不近人情的话了。抱着解决问题的目的,后者的处理方式明显比前者更高效,也更和谐。

"你说的很有道理!那么,现在我应该怎么补救呢?"吴老师眼睛一亮,主动拉住我,着急地问。

"别急呀,用同样的方法,先预测一下。如果你继续与学生们僵持,会怎么样?如果你公开道歉、表达对他们的理解,又会怎么样?"我笑着问。

"如果继续僵持,可能会造成更严重的紧张关系、抵触情绪,然后继续耽误时间,影响备考进度;如果公开道歉,先解释发脾气的原因,再表达对他们的理解,最后给予合理的建议,他们应该很惊讶,然后原谅我的急躁,愿意跟我一起解决问题、高效地利用时间……"看着她开始冷静地分析,我感到非常欣慰。

接下来,她果然在最适合的场合,用最适合的情绪,讲出了最适合的话,而班内学生的反应也如她所预测的那般,抵触情绪慢慢散去,师生间变得和谐友好。

/ 三思而后行,灭火于无形 /

每个人都有情绪,当情绪突然涌来时,保持冷静很不容易。但凡事都有"成本",如果大家能够在不冷静的时候强迫自己进行一些理智的思考，预测一下这种不冷静将给自己带来哪些影响，以及消除这些影响时，自己需要付出哪些额外的努力，或许就可以给自己的情绪一个"急刹车"，找到当下最适合的情绪、说出最适合的话。

以上故事给大家提供一些参考，三思而后行，提前想象可能面对的场景，不要等到已经造成实际后果再去后悔和弥补，你的故事将更加完美！

故事力公式　三思而后行

- 1. 遇到一件令人激动（快乐／痛苦／气愤……）的事情
- 2. 当下，立刻做出了反应（分享／感慨／自责／愤怒……）
- 3. 发现自己的反应使情况发生了变化（出现转折／失去控制／变得糟糕……）
- 4. 及时反思，找到问题根源
- 5. 预测反应，做出调整，事情出现转机

练习题

套用上面的公式，写一篇因为自己的心态发生了变化，事情几经反转的故事。

◎本文作者刘静，微信号为Yuezhaoaiqinhai，欢迎交流。

24 个神奇故事公式

第二节
变通,现场听众的反应,是后续讲述的"指南针"
（文◎曾瀛荨）

讲故事时的一件重要的事就是调整。在调整的过程中,你会发现故事的哪一部分起作用,哪一部分需要润色,哪一部分应该舍弃,这会让你的故事更受欢迎,也让你的故事更有趣。晚会上讲故事要遵循这一点,通过电影讲故事也要遵循这一点。

——查理·考夫曼[18]

/ 即兴演讲,惨输于喷香的美食 /

我曾经参加一场野外俱乐部的周年晚宴,给大家带去了一段先是索然无味,后来反响热烈的即兴演讲,印象极其深刻。

那场晚宴举办于户外活动淡季,教练们邀大小学员和学员家长参与狂欢,回味旅行中的趣事。晚宴过程中,总教练突然走过来,说想邀请我上台分享我的户外旅行故事。这实在有点突然,相当于要做一场没有任何照片和 PPT 辅助的即兴演讲,不过恰好我刚刚参加过一期生存野营,有很多故事待分享,便满口答应了。

---

[18] 查理·考夫曼（Charlie Kaufman）,1958 年 11 月 19 日出生于纽约,美国编剧、导演、制作人,毕业于纽约大学。2004 年,他担任爱情电影《美丽心灵的永恒阳光》的编剧,该片获得第 77 届奥斯卡金像奖的奥斯卡最佳原创剧本奖;2008 年,他执导的喜剧电影《纽约提喻法》上映,该片入围第 61 届戛纳电影节主竞赛单元;2015 年,他自编自导的动画奇幻电影《失常》入围第 72 届威尼斯国际电影节主竞赛单元。

第五章　如何在最适合的场合，用最适合的情绪，讲最适合的话

我上台时，大家煮的面条刚出锅，烤串也洗净、串好、上了炉。我站在台上往下看，大家每人端着一碗面条，抬头看着我。在这样"奇怪"的氛围中，我开始讲刚出炉的探险故事。

"那是在印度尼西亚（以下简称印尼）的一个叫布纳肯岛的小岛上。从机场出来，先乘坐汽车两个小时，来到一个码头，再换乘船大约一个小时，就可以到达。我们一行人从机场出来后，坐的是教练安排的包车，沿路看窗外的风景，不同于大多数东南亚国家的旅游区，这里低矮破旧的房子间，交错着金闪闪的、明显装潢过的楼房。在这样的环境中，拉着行李箱、严严实实地带着防晒的墨镜与帽子、身穿户外装的我们显得特别突兀。

"一路走过，我特别好奇教练组是怎么找到这样一个地方的，因为人真的很少，我们鲜少有机会和团队外的人交流。后来才了解到，原来是一位跟随中国驻印尼外交官来到这里的中国女生在岛上开了一间民宿，我们才有机会来到这个名不见经传的小岛。

"我们在那个岛上待了几天，做了一些海上适应性训练。那几天的安排很寻常，白天，环岛屿探访红树林、捕捞海胆做观察、跳岛浮潜观海龟；傍晚和晚上尝试造帆船。时光飞逝……"

讲着讲着，我发现听众们没有什么反应，原来端着面碗抬头看着我的人们，陆续低下了头专心吃面，还有人开始在场地中走动，去烤摊拿肉串。我顿了顿，心想，看来这些人都是资深户外玩家，普通的行程是激不起他们的兴趣的。要战胜美食，不能按照时间顺序继续平铺直叙了，得讲点有趣的、刺激的！

于是,我果断跳过了帆船制作与试水的过程,跳过了穿越红树林的过程,跳过了浮潜团队比拼的过程,直接开始讲最后两天的经历。

/ 改变策略,关注度急速上升 /

我清了清嗓子,开始讲述最有趣的部分。

"我们都在窃喜,看来这次'探险'并不困难,教练手下留情了,哪知道最大的'彩蛋'在后面。

"某天傍晚,我们突然接到通知,要去一个更小的当地岛上过夜。当时并不知道,这会是一次终生难忘的北纬1度'荒岛'夜宿!我们前往的当地岛,是一个在百度上搜不到任何资料的原始渔村小岛,大家各带一个轻便的包包、一套换洗内衣裤、一些简易餐具和一瓶水,抱着一个煤气瓶就出发了。

"登上船后,我发现船上只有我们同团的几个外地人,其他人都是本地人。那些本地人都背着竹筐,竹筐中装着我认不出品种的鱼、水果,还有大桶的饮用水和饮料,更原生态的是,有孩童坐在竹筐里,怯生生地向外看着。这些本地人都不会说汉语,也听不懂英语,除了目光接触和微笑示意,完全无法与我们交流。

"就这样一路漂荡,我们终于登上了岛。岛上的渔村只有一条主路,房子简陋、街道脏乱,随处可见乱跑乱窜的山羊、鸡、鸭、狗、猫、猪,甚至还有光着身子的小朋友。

"孩子们的交流是不需要语言的,没过多久,我们发现有一队本地的孩子远远地、好奇地跟着我们,而我们的孩子开始尝试和他们接触、玩耍。这些本地的孩子慢慢地走进了队伍、走在了队伍前面,带着我们参观了主路边的小路,后来又随我们来到了我们的落脚地。在那里,孩子们说着'鸡同鸭讲'的语言,玩起了'你拍一我拍一'的游戏。

"很快,天黑了。那是我截至目前住过的最简陋的营地,没有电、没有信号、没有睡垫和睡袋,大家裹着衣服,靠着彼此,睡在海边的渔寮上……

"那段日子,恰逢小岛多雨,气候多变,教练说,当天可能有连夜暴雨,下至清晨。我们栖身的渔寮漏雨又灌风,大家身上几乎没有厚衣服,也没有睡袋,八个人拥有的御寒物品只有两条毯子……夜深了,随着岛民纷纷熄灯休息,岛上陷入黑暗,除了当地年轻人的户外纵歌,只剩下暴雨砸在海面上的声音。我们的渔寮离海面只有不到一米,那一夜,很长,很长……"

随着我的讲述,手捧面碗的听众们开始仰头看向我、走近我、聚集在我身边。

/ 自然互动,听众才是故事航向的"水手" /

"上半夜,孩子们累了,呼呼地睡去,微弱的呼噜声和雨声夹杂在一起。几个大人硬撑着不敢睡,守在孩子们身边,生怕哪个熟睡的孩子一翻身,不小心掉进海里……"我继续讲着。

"渔寮是无边的吗?连四面墙壁都没有吗?"一个家长打断了我的讲述。

24个神奇故事公式

我很高兴,看来他们开始认真听故事了。我没有拿出手机给他们展示照片,因为那只能照顾到前排的几个听众。我后退几步,在台上比画着,尽力还原着渔寮的空间情况。我看到听众们开始交头接耳,显然在感慨那渔寮竟如此简陋。

"雨越下越大,一点都没有要停下来的样子。风也越刮越大,雨水被风裹挟着,斜飘进渔寮。大人们赶紧将仅有的几件雨披、冲锋衣和几张塑料布往蜷缩在地上的孩子们身上盖,想尽量护着他们睡得安稳,不过难免有照顾不到的地方,部分孩子开始翻身、皱眉、表示不满。出乎所有人意料的情况就在这时发生了,渔寮的顶部突然塌了一角,在坑洼处积攒多时的雨水'砸'了下来,直接砸在了躺在正下方、营里最大的那个孩子身上。

"那个孩子惊醒了,立刻跳了起来。可能是因为受到了惊吓,他破口大骂,感觉是使尽了全身的力气在跳骂,说尽了脑海里所有难听的词汇,这样的情况持续了好几分钟都没有停下来的意思。那个孩子的爸爸也在场,是一个著名的教育学家,但他是医不自医,几次尝试安抚都没有效果……"

我开始模仿那个孩子跳骂的动作,模仿他声嘶力竭的叫骂:"为什么我这么倒霉,你有本事把我淋死、冷死啊!你是大海就了不起吗?不就是一点水吗?我怕你呀?我……"

有些听众笑了起来,有些听众开始和自己的孩子讨论遇到类似的情况该怎么办,还有些听众在对身边人诉苦,说自己也遇到过面对孩子时手足无措的情况……不管是什么反应,听众们都已经不再急着吃

第五章 如何在最适合的场合，用最适合的情绪，讲最适合的话

东西，而是好奇接下来发生了什么。

在大家的注视下，我缓缓讲述了"后来"。

"后来，教练制止了那个孩子的爸爸的安抚行为，让那个孩子尽情地发泄了十分钟左右，没有打断他。其他孩子都被吵醒了，一脸诧异地看着这个同伴。不知道是因为跳累了，还是因为被同伴看得有点尴尬，慢慢地，那个孩子跳骂的声音小了，逐渐安静了。

"等他彻底安静下来了，教练才给他递了一块干毛巾，让他将自己身上的雨水擦干，并要求他自己动手捡一些相对干爽的木板，再铺一张'床'。

"将'床'铺好后，那个孩子静静地躺下了，或睡着，或睁着眼睛看渔寮的顶部，一夜无话。第二天早上，天光大亮时，教练第一个把那个孩子叫了起来，带他去看之前他所躺的那张床对应的渔寮顶。原来，他之前所躺的是渔寮内最好的区域，渔寮顶上有一层额外的塑胶顶，只是雨实在太大了，积水重量超过渔寮顶的承重力，倾盆而下。

"教练对那个孩子说，乘船环游世界的时候，遇到大风大雨，水手们难免会陷入艰难境地……他们的对话很长，我只能偶尔听到一两句，其中有这样一句话让我印象深刻——陷入艰难境地时，三流水手靠咒骂，二流水手靠酒精，一流水手靠意志。"

/ 完美收官，唤起分享欲与表达欲 /

故事讲完了，我停了下来，环顾四周。

没有人说话，也没有人鼓掌，一片安静。

顿了顿，我继续说："那个孩子，原来是某公立学校里出了名的'调皮蛋''老大难'，经历此事后，现在成了南怀瑾学校里的'明星学生'。最近，我常常在想，最好的教育方式是什么？那天，教练所用的法宝是什么？我们可以复制吗？"

现场热闹了起来，有些大人在七嘴八舌地发言，"我们要接受孩子的情绪""孩子情绪激动的时候，最好随他发泄""不要给孩子的情绪'火上浇油'"……与此同时，也有孩子在笑闹，"如果我是故事中的男孩，我爸爸肯定会揍我的！""如果我遇到了这种事，我就干脆跳进海里去游泳！"……

我笑了，讲到这里，这个户外旅行故事的真正结尾——满载而归地安全返回，结束野营，已经不重要了。因为大家的反应，这个故事有了新的主题和新的结尾，真好！

故事力公式 **随机应变，掌控气氛**

- 1. 开场，抛出故事主题
- 2. 观察听众的反应，随机应变：
  （1）听众反应良好，注意力较集中，则按原计划推进故事发展
  （2）听众反应冷淡，索然无趣之感明显，则重新安排故事结构，尝试刺激听众
- 3. 每3分钟制造一个停顿，提问，或者发起互动
- 4. 观察听众的反应，继续随机应变
- 5. 进入收尾阶段，不要自己结束故事，用听众的反馈、提问、讨论来收尾

第五章　如何在最适合的场合，用最适合的情绪，讲最适合的话

练 习 题

模拟不同听众的不同反应，为同一个故事主题准备两个版本的故事。

◎本文作者曾瀛荨，微信号为 ZENGYINGTINGZYT，欢迎交流。

24 个神奇故事公式

第三节
总结，每一次过往，都是未来的经验

（文◎顾冬梅）

要完成一本 60 页的书，在我满意之前，我可以很轻松地写 1000 多页。对于我来说，最重要的事就是不断地重写、推翻、再重写、再推翻、润色。

——西奥多尔·苏斯·盖泽尔[19]

/ 梦想和现实的遥远距离 /

我从小就有一个梦想，梦想着自己有朝一日可以站在舞台上，成为主持人，享受在舞台上绽放光芒的感觉。

可是，理想很丰满，现实很骨感，在漫长的成长过程中，各种可以站在舞台上的机会，总是与我擦肩而过。

我第一次站上舞台是什么时候呢？是已经走过了无所畏惧的青春期，进入职场、参加工作后，那时，年少时初生牛犊不怕虎的冲劲已经淡了很多，取而代之的是有些瞻前顾后的紧张、忐忑。

我第一次站上舞台，是为同事们奉献一场演讲。那场演讲的效果如何呢？可以说，我非常想把自己上台后的几分钟从大家的脑海中删

---

[19] 西奥多尔·苏斯·盖泽尔（1904 年 3 月 2 日—1991 年 9 月 24 日），笔名为苏斯博士（Dr.Seuss），二十世纪最卓越的儿童文学家、教育学家之一。他创作的 48 种精彩教育绘本是西方家喻户晓的早期教育作品，全球销量超 2.5 亿册。

除，重新录制。

2018 年，我当时所在的公司召开年中会议，有新股东加入。在毫无准备的情况下，我被领导告知需要第三个上台演讲，总结、汇报相关工作。得知这个安排后，我立刻紧张得浑身冒汗，手心的汗甚至多到结成汗珠往下滴，心跳加速，自己都能清晰地听见自己的心跳声。那次演讲，具体讲了哪些内容，我完全不记得，只记得一上台，我便像热锅上的蚂蚁一般，脸颊通红，双手都不知道该如何安放，表达得语无伦次，将在台下打好的腹稿忘得一干二净……

从上台到下台，一共 7 分钟，我完全不知道自己是怎么熬过这 7 分钟的，感觉像过了 7 个小时，漫长且煎熬。

那次演讲中，不乏表达能力极强的同事，看到无比失落的我，身边的同事安慰我说："没关系，你是最漂亮的！"

然而，这根本无法安抚我沮丧的心情。

这次活动给我留下了极深刻的印象，我不愿意再想起，可偏偏一直难以忘怀，我暗下决心，一定要改变自己，争取更多锻炼的机会！

/ 让梦想的光照进现实 /

后来，我跳槽进入一家新公司，工作职责里有主持这一项，生日会、员工表彰大会、竞聘会、年会等，都需要由我负责主持工作。

这是我逼自己一把的方式，既然领着这份工资，就必须做好这项工作！

入职第一个月,我就被安排主持生日会。虽然已经做好了接受挑战的心理准备,但当挑战真正来临时,我还是失眠了。因为尚处于试用期,压力比以往更大,我越想越睡不着,越睡不着就越努力地强迫自己睡觉,而越强迫自己,就越焦虑……循环往复,似乎陷入了一个恶性循环的怪圈。

终于,临近凌晨,我选择放过自己,强制性地对自己说:"放下,明天再说!"

一天,两天……这样过了几天后,我始终没有准备好,压力大到几乎吃不消,几次想放弃,想着大不了再换一份工作。就在这个关键节点,我在手机上看到了一个视频,视频很简单,讲了一个如今很多人都明白的道理——每个人都是王者,不是王者就无法来到这个世界上,因为在精卵大战中,只有最优质的精卵能够结合,成长为新的个体!神奇的是,在当时,这个视频给我注入了一股强大的力量,我耳边好似响起了老公和儿子说过无数遍,但都被我或多或少地忽视了的声音:"你行的,老婆!""妈妈,你很棒!"

知名作家松浦弥太郎有这样一个人生信条:"与其读100本书,不如把一本书读100遍。"我深以为然。对于那时的我来说,想迅速拥有惊艳全场的舞台魅力是不可能的,我只能用最笨的方法,尽快降低自己对舞台的惧意,稳稳地站在舞台上。

所谓"最笨的方法",一是认真写稿,二是反复练习。

我开始打磨稿子,并反复练习、调整主持状态,对着墙练习、对着镜子练习、对着老公练习、对着儿子练习……在练习的过程中,认真琢磨哪些地方可以加入互动小游戏，那些地方可以补充调动大家情绪的事例，哪些地方可以更温馨、更深情等。

终于，有了越来越强大的信心后，我勇敢地站上了舞台，流畅地完成了主持！虽然过程中还是有很多不完美、不尽如人意的表现，但看到大家纷纷露出开心的笑容，我肯定了自己的能力和潜力，坚信舞台并不可怕，我可以做得越来越好！

更值得一提的是，经此一事，我的内心强大了很多，把练习的过程和成功的喜悦分享给儿子后，我还成了儿子的榜样。

/ 用心逐梦，让我们越来越强大 /

有了几次真正站上舞台的经验后，我开始总结、复盘，发现了更多演讲、主持中需要注意的关键点，比如，除了要将稿子打磨好，还要注意台风、形体，反复练习，提高舞台表现力，才能由内而外地展现自信。

在全方位提高自己的过程中，我拥有了属于自己的"宝典"：一是上台亮，要光彩夺目，昂首挺胸；二是表情暖，要目视前方，热情洋溢；三是走台顺，要有自信且饱满的精神状态；四是站台稳，要做到头放正、肩放平，有波澜不惊的感觉；五是下台轻，要从容安静，切忌匆忙慌张。

后来，我又主持了公司组织的各项大型活动，比如搬迁活动、竞聘会、年会等，积累了更多经验，并由此发现，面对不同的舞台，所需要营造的氛围是不同的，主持搬迁活动时，需要关注大家留恋、不舍的情绪，给大家留出处理情绪的时间和空间；主持竞聘会时，需要端庄大气、自信从容，有时还需要热血一些，带领大家喊出愿景和口号，调动整体氛围；主持年会时，需要简单大气，辅以诙谐幽默，关注在场每一个人的状态……正所谓"台上一分钟，台下十年功"，想拥有完美舞台，需要学习的太多太多了。

相信大家都听说过温水煮青蛙的故事，每个人都有自己的舒适区，我们不一定要"跳出舒适区"，但一定要有不断扩大舒适区的勇气，因为长期停留在舒适的环境中，容易懈怠、自我满足，其实隐藏着巨大的危机。通过对舞台的追逐，我意识到我的生活中需要一束光，帮助我更强韧，更勇敢。

时间和努力，能够帮助我们拥有数不尽的惊喜，从一开始的惊慌失措，到后来的淡定从容，只要不断挑战自己，我们都可以变得越来越强大！

故事力公式 **时时复盘，步步提高**

- 1. 遇到一件事情（令人焦虑／充满挑战／不甚擅长……）
- 2. 第一次尝试，结果不尽如人意（失败／难堪／被安慰／被调侃……）
- 3. 鼓起勇气，挑战自己（不断寻找新的机会／扩大舒适区……）
- 4. 及时复盘，逐渐进步，心态也慢慢好转
- 5. 总结经验，获得感悟

第五章　如何在最适合的场合，用最适合的情绪，讲最适合的话

套用上面的公式，写一篇因为及时总结、复盘，得以成长的故事。

◎本文作者顾冬梅，微信号为ljgdm520，欢迎交流。

· 下 篇 ·

升华我的故事

Chapter 06 第六章

如何将听众融入你的故事

24个神奇故事公式

第一节
关注你的音量、语调,声音也可识人

(文◎李燕)

声音能引起心灵的共鸣。

——威廉·柯珀[20]

/ 迎接挑战前,心慌意乱 /

夜深了,万籁俱静,可我的内心嘈杂一片。

明天是全国加盟咨询师的首次大会兼集训,这两天,各地的咨询师从四面八方赶来,就要见面了,而作为咨询师们的线上联系人和本次活动负责人的我,从几天前就开始焦虑,饭吃不好,觉也睡不香。大会流程已确认无误,本该放松心情,静待活动开场,但要当众讲话这件事太让我焦虑了,因为我一向习惯埋头默默干活,不愿意当众讲话,偶尔碰到必须发言的事情,总是推举其他小伙伴去做。

但这次活动我逃不掉,因为所有事项都是我进行统筹的,只有我了解全部情况,所以我不仅要负责跟进流程,还要做一个开场发言。

---

20 威廉·柯珀(William Cowper),英国诗人,通过描绘日常生活和英国乡村场景,改变了18世纪自然诗的方向。他是浪漫主义诗歌的先行者之一,塞缪尔·泰勒·柯勒律治称他为"最好的现代诗人"。

这次活动，公司很重视，中方、外方的领导都要出席，几位专业督导也在，在这么多人面前发言，不仅不能出错，还要保证精彩，难度不小，特别是对于我这个不善于当众发言的人来说，更是极大的挑战。

/ 回忆失败，畏缩不前 /

为什么会如此焦虑？因为说到当众发言，我是有惨痛教训的。

在我任职的公司里，新员工入职后都会进行各种类型的试讲，比如培训课程试讲、产品介绍试讲等。我在进行第一次培训课程试讲前准备了很久，自以为准备得很充分，但是上台后，看着坐满了领导和同事的房间，不由得紧张到腿肚子发抖，大脑开始出现空白，讲着讲着，声音越来越小。在试讲的后半程，看到坐在台下的领导居然打起了瞌睡时，我完全丧失了继续讲述的斗志与信心，只想快点逃下台去。

我的试讲结束后，大家的反馈是声音太小，讲述的内容寡淡无味，不够吸引人。

虽然后来我一直在学习演讲技巧和发声技巧，但领导在台下打瞌睡的情景一直在我的脑海中挥之不去，让我极其害怕当众发言。

眼看着这次活动明天就要开幕了，我既焦虑，又急躁。紧张到快要崩溃时，做逃兵的念头再次闪现，我不禁想，干脆让善于发言的同事来做这个开场发言吧，我负责提供发言稿就好，这样一想，心里立刻有了人选。

因为好像找到了解决方案，我的心情逐渐平静下来，赶紧给最近

一直在听我抱怨、担心我的朋友发去信息,告知这个决定。

/ 重建信心,直面挑战 /

很快,我收到了来自朋友的回复信息,却是一则故事。

故事说,有一个十分优秀的女孩被美国一所著名高校录取了,没想到办签证时几次被大使馆拒签。带着困惑,她找到一家咨询公司咨询此事。咨询顾问请她讲一下被拒签的情况,她点点头,低眉顺眼、细声细语地讲了起来……很快,顾问打断了她的讲述:"不用说了,你的问题,我已经找到了。"

顾问给出了建议:挺胸抬头,目光平视,大声说话!

后来,女孩按照顾问给出的建议进行了反复练习,再次面签时,她落落大方,侃侃而谈,顺利地拿到了签证。

看完这则故事,我翻出了自己试讲时的视频资料。视频里的我,双肩内扣,目光闪烁,声音细细的、弱弱的,语调单一不变,而且语速特别快,有些话没讲清楚就被我含糊其词地滑过去了,整个人似乎随时准备要逃跑,显得很没有自信。

我好像知道当时那位领导在台下打瞌睡的原因了。

/ 声如其人,突破瓶颈 /

俗话说,声如其人,在给身边人留下的各种印象中,"声音"是最直接的,也往往是最令人印象深刻的,我们常常根据一个人的声音对这个人做出初步判断。

我羸弱的声音和不自信的状态互为验证,形成了恶性循环,不断强化了自己没有能力进行当众发言的结论。

要想有所突破,就一定要打破这个恶性循环!

所以,不要当逃兵,就用明天的开场发言挑战自己、证明自己吧!

第二天,看着台下黑压压的人群,我深吸一口气,迈步走上舞台。

挺胸,抬头,气沉丹田,放大声音,控制语速,清晰地说出每一个字……

大会取得了预期的效果,会后,同事们都主动来祝贺我:"你讲得真好,整个人好像在发光!"

读完这个故事,你是否也有所触动,或者获得了某种激励呢?其实,有时候,做出改变并不需要破釜沉舟的决绝,关注你的音量、语调,就能改变你发言/讲故事时的状态和听者的感受,让说出去的话,获得更积极的效果。

故事力公式　勇于改变,突破瓶颈

- 1. 因为性格弱点(内向/易怯场/胆小/不自信等),屡屡受挫
- 2. 面对挑战(社交需求/当众发言/承担某种责任等),欲做逃兵
- 3. 被鼓励/激励,得到某种刺激(一个故事/一段话/一个奖励等)
- 4. 决定做出改变,迈出突破自己的第一步(充分准备/请教经验/多加练习)

24个神奇故事公式

- 5.成功获得改变(变得大方/不再怯场/更加自信等),总结经验,提升自己

套用上面的公式,写一篇自己通过努力成功突破瓶颈的故事。

◎本文作者李燕,微信号为 LindaLeeliyan,欢迎交流。

第六章　如何将听众融入你的故事

第二节
关注你的情绪，积极正能量威力爆棚
（文◎曾瀛荸）

故事的本事就是帮助人们克服巨大的障碍（内部或外部）以达到预期目标。

——理查德·克里沃林[21]

/ 平静日子中暗涌的情绪 /

在很多人眼中，那是寻常的工作日，但我知道，那一天不会平静。作为部门领导，每周一我都要参加部门工作会议，例行接受各项事宜的传达，但那个周一的例会议程不同于往日，草蛇灰线已经很久了。

在行业发展呈下滑趋势的背景下，行业内人人自危，几个月前，在全员大会上，分管大领导给了各种明示、暗示，传达了公司将精简人员，随后一段时间内的业绩很重要的讯息。好在，在业绩起决定作用的情况下，只要努力提高业绩，就一切都有希望。却没想到，到了季度末，大家完成了业绩冲刺，取得了不错的成绩，业绩值高于期望值，都松了一口气时，新季度的第一天，分管大领导信息有限地告知大家，整个部门将被战略重组，他本人已经准备离开公司了。

得知此事，办公室内一片哗然，分管大领导赶紧安抚大家，表示

21　理查德·克里沃林（Richard Krevolin），作家兼编剧。

他选择离开会贡献精简名额,降低人力成本,大家只是会被重新编制,工作内容大体不变,请大家放心。大家闻言一阵唏嘘,有佩服,有不舍,有感叹,更有虚惊一场的后怕。

分管大领导走了,部门内平静不再,每天都有完全不同的消息传来,危机四伏。世间事向来如此,信息越不透明,事中人越难以产生信任感和安全感。

第一只靴子落地后,部门成员都在忐忑地等待着第二只靴子下落,在这过程中,有的人严重失眠,凌晨3点在微信中给我留言;有的人过度焦虑,凌晨2点给我打电话;还有的人绕着七八个弯,到处找人打听消息……都是上有老,下有小的中年人,甚至超过半数是工作十年以上的老员工,部门办公室内像是充满了氢气,大家都无心工作,似乎只要有一点火星,就会瞬间爆炸。在这样的情况下,我处在旋风中心,不得不积极为大家寻找答案。

几天后,我得知,公司决定架构扁平化,管理层人员要率先离职,我名列其中,而团队成员可以留下,调整工作内容,进行转岗分流,视后续公司经营情况再做进一步安排。

有时候,知道的真相越多越痛苦。我一方面对于自己一直绩优却难以逃脱被"精简"的命运而感到委屈,另一方面担心这些消息给大家原本就起伏不定的情绪火上浇油,在这样的气氛中,我着手准备召开例会,硬着头皮去做那点火星——可能为大家照亮心灵之路,也可能会被大家的情绪炸成碎片。

留给我考虑的时间并不多,而人在应激反应下,根植于意识的行为习惯和理念会自然而然地跳出来主导行为选择，我决定与大家坦诚相对，客观告知现实情况，理性面对原因，坦然接受所有情绪，专注当下事务，放眼长远利益，在信任的基础上给予大家希望和力量。

/ 点燃情绪后，化解危机 /

例会开始了，在大家焦灼的目光中，我讲了一个很久以前的故事。

"那是某季度的最后一天，她的日程比平日更加繁忙，核查季度末业绩冲刺进度、批复价格、审核合同条款、召开下季度工作会议、核算下季度费用预算、安排下季度市场活动……那天，她像陀螺一样连轴转着处理各项事务，忙到没有时间吃午餐、晚餐。

"晚上8点多，我去她办公室找她加急审核一份合同的特殊条款，当时，她还在和财务负责人通电话，处理着应收款项事宜。见我找她，她示意我在旁等待。结束通话，处理了我带来的问题后，她用手指着办公桌上的仙人掌盆栽问：'你喜欢这盆仙人掌吗？送给你吧。今天是我在这家公司工作的最后一个工作日，月底太忙了，下周我再找时间请大家聚聚。'

"我一愣，脑子里一片空白，不敢相信这是真的。一切都太突然了，毫无预兆。虽然离任和继任零过渡是公司惯例，但我们竟然丝毫没有从她的工作状态中看出来，明天她就和这个公司、这个部门的这些让人又爱又恨的业绩压力完全无关了。

"带着满头问号机械地处理完当天的工作后，我特意留下来等她下班。当天，我们离开公司时已经是晚上11点多了，我们一身疲惫，

也一身轻松,一切都和寻常的季度末一样,除了她多拿了一个袋子,里面装着离职后要带回家的私人物品。

"我一向很信任她,两个人的私交也不错,便直言不讳地说:'你都要离职了,怎么还忙成这样?白天开会的时候,你又和其他部门的负责人据理力争了吧?何苦呢?'

"她听后,停下脚步,转头看着我,一字一顿地用带着些特殊口音的普通话说:'我今天还在这个岗位上,就要认真地完成这个岗位的工作任务,因为今天我也是拿工资的。记住,口碑是自己打造的,建成需要好多年,毁掉只需要一件事。职场上,大家的智力差不多,经验也会逐渐趋向一致,最终发展如何,跟口碑有很大的关系,要看得长远些。无论在哪里,人们总是欣赏和尊敬认真负责的人。'

"我直到现在都记得,她是在公司楼下的大堂里说这些话的,夜深了,大堂里的灯只亮了一半,有些昏暗,但是她的认真自带光芒和气场,眼睛炯炯有神。我读懂了她的认真,听懂了她的坚持,也将那个片刻刻入脑海,久久不忘。

"事后我才知道,其实她的离职并不是一个愉快的选择,但她用行动诠释了她的职业性和责任心。或许正是因为如此,几年后,她被高薪聘回,任更高职位。

"往后,在职业生涯中,我每次离职,包括临产休假,都会工作到最后一刻,绝不'摸鱼'。这不是被强制要求,而是一种习惯和模仿。这些年,我在行业内换过几家公司,几乎没有在求职平台上发过简历,甚至有些公司是破格'二进宫'(离职后重新加入),靠的多半是口碑。

"我讲这个故事是想告诉大家,职业道路很长,圈子很小,企业会给情绪稳定、有大局观、有责任心的人加分,这就是口碑的力量,比起一有离职之心就'摸鱼'、应付差事的员工,始终认真的员工看起来不聪明,实际上有大智慧。"

讲完这个故事,我才告诉大家,在这次调整中,我会离职,但是我一定会如故事中的那位同事一样,站好最后一班岗,包括工作交接,包括对大家的安排。此外,我还告诉大家,会有这次变动,不是因为我们做得不好,也不是因为我们的能力有问题,在上个工作阶段,我们是同梯队工作团队中的佼佼者,给公司创造了效益。只是,公司决定做战略重组,为了更好地应对市场变化,大家多半会面临转岗,调整工作方向。这是为了让更多的人更好地生存下去,不要抱怨,因为不确定性是这个时代的特色。如果情况突变,有更多伙伴要离职,我会尽自己的能力给大家推荐新的工作。

在这次例会上,大家的负面情绪没有爆发。

/ 在失落中释放,在正能量中涅槃 /

会后,很多人告诉我,他们这么多天的焦虑,在这次例会中释放了,很感激我。

我很欣慰,虽然所做的这一切对我来说都很艰难。

其实,我可以选择说出自己的委屈、困惑,寻求共情,同时彻底放下对这里的责任,但我庆幸我没有这样做。正如后来公司总裁对我说的，时刻保持正能量是不现实的，因为人都有失落的时候，但是，百转千回后，我们仍然可以选择乐观、自信，那才是更稳定的正能量，那个力量是无穷的、无敌的。

故事力公式　控制情绪

- 悲剧序幕——挑战（不好的事情/猜测/后果）到来
- 初始低落——主人公（我/别人/别人口中的别人）状态不佳（消极的表现/语言/心理活动）
- 找回能量——主人公（我/别人/别人口中的别人）通过各种渠道获取力量（回忆/经验/知识/教训）
- 传播能量——主人公（我/别人/别人口中的别人）通过讲述正能量故事，给大家以积极的影响
- 积极面对——接受主人公的积极影响后，事情开始往好的方向转变

练习题

　　套用上面的公式，写一篇因为合理控制了情绪，成功地使事情向积极的方向发展的故事。

◎本文作者曾瀛荨，微信号为ZENGYINGTINGZYT，欢迎交流。

第三节
关注你的肢体语言，热情或冷漠瞬间传递

（文◎吴嘉华）

在人们进行语言交流的时候，55%的信息是通过视觉传达的，如手势、表情、外表、妆容、肢体语言、仪态等；38%的信息是通过听觉传达的，如说话的语调、声音的抑扬顿挫等；只有7%的信息来自纯粹的语言表达。

——73855定律

/ 沟通，已成为社会刚需 /

在现代社会生活中，天天在交流、事事要协调，沟通与表达已然成为现代人的必备技能。在我看来，有效沟通的关键在于"共情"，只有在听众能够听得进、听得懂，并且有感觉的时候，沟通才有可能达到理想的效果，如果只是表达者在进行单方面输出，听众根本没有感觉，那充其量只能算是表达者的"自嗨"。

有效沟通，正如73855定律所说，7%来自内容——讲求"逻辑思维力"；38%来自语音语调——讲求"情绪表达力"；55%来自外表与肢体语言——讲求"现场渲染力"。

让有逻辑的内容通过有感情的语音语调呈现，并使用到位的肢体语言进行渲染，如此一来，不管是表达者还是听众，都可以有效收获"即时反馈"，让表达者想表达的内容/故事有"回响"！

24个神奇故事公式

/ 模仿，努力向高手靠近 /

仅讲述理论，可能有些抽象，接下来，我为大家分享一则演说，来自集著名歌手 / 米其林之友 / 影帝级电影人 / 企业家等多个标签于一身的谢霆锋，演说名为《锋味人生》。在我看来，这则演说是对73855定律的充分体现。

"现在中国有十几亿人口，每人给你一块钱，你都可以发达……"这个是近几年很多人和我说的一个概念，告诉我不用想这么多，不用做得那么辛苦……不可以这样想的，不可以这样想的！

大家可能忘记了，我是带着"大家的嘘声"出道的。每次演出完，走下舞台，我的经纪人都是在哭的……不是一年，不是一次，16岁、17岁、18岁、19岁，整整四年都是这样，直到19岁末，我才得到观众真正意义上的第一次掌声……

But，that's live.

你要坚持。你想不想成功？我相信，你想！但不能只是想，要做！做出来！

所以，我要做音乐，我要做到……（很有成就）；做电影，我又要做到令所有人觉得我是可以的！

所以，我相信"跨界"最基本的一个条件，就是你的决心！

因为，你要跨界的话，不是试试就算，不是试试就走，而是要奋身去试！

……

我由做音乐到拍电影，我（始终说）一句话："我要所有的危险

第六章 如何将听众融入你的故事

动作都是我自己做完它!"

其间,我断过多少根骨头,我不和你说;我妈和我老板骂了我多少次,我不和你说;我和成龙大哥从高处翻了多少个跟头,只为了那两秒的成片,我不和你说……

所以,跨界是要奋身、全力以赴的!不是老板骂我几句,我就要走了;不是那边给我多2000元薪水,我就要走了……

你要坚持!不仅要坚持,你还需要练习!

就以拍电影来说,那些危险动作,因为你的某个失误(而出现危险),你危害的不仅是你自己,还有其他人!所以,你必须练习,我是有练的!

……

但是不要怕,不要怕尝试,不要怕被人笑……因为,不是看以前的,而是看以后的,进步就得了……

——节选自谢霆锋《锋味人生》演说

演说过程中,他时而加快语速、目光向下,伴随着指尖的指指点点,说着那句"每人给你一块钱,你都可以发达……",让听众感受到那些人说话时的状态和他对于这些话的不认同;时而提升语调,眼神真诚又坚定,握起拳头说出那句"你要坚持。你想不想成功?我相信,你想!但不能只是想,要做!做出来!",让听众感受到他出道初期"不被认可"的经历给他带来的不服气,以及清楚要改变就必须做出成绩来的决心;时而放慢语速,双手摊开,轻轻侧头,语重心长地说出那句"不要怕,不要怕尝试,不要怕被人笑……因为,不是看

以前的,而是看以后的,进步就得了……",让听众感受到他的坦然,感受到他历经磨砺后的成长,以及为大家送上建议时的真诚!

模仿高手,方能慢慢进步!

/ 互动,让情绪自带气场 /

有感染力的肢体语言并非源于设计,而是源于真实的情绪,在生活、工作中,肢体语言大多是在说话的过程中无意识出现的,因而传递的信息更具可靠的感觉。而且,肢体语言更具互动感,能够通过眼神、手势、行动等多通道让听众获得即时反馈,产生更强大的共情。

就像谢霆锋的这则演说,在观看的过程中,除了被其对语言、逻辑、声调、语调等做的得体处理吸引外,他用肢体语言传递的真诚、干练、经历感,更能让听众与他共情!这一点,是所有表达者都应该学习的。

故事力公式 融入肢体语言,提高故事感染力

- 1.找到最让自己有感触的故事,确定故事主题(亲情/友情/爱情)和故事发展方向(积极的/波折的/充满教训的)
- 2.找到情绪点(共情点),诱发思考
- 3.融入肢体语言(手势/神态/体态等),提高故事感染力
- 4.输出感悟,获得共情,故事得以升华

> **练习题**
>
> 套用上面的公式,写一篇因为合理使用了肢体语言而加速听众共情的故事。

◎本文作者吴嘉华,微信号为 hiJoshuaWJH,欢迎交流。

Chapter 07
第七章

如何在故事之外讲故事

第七章　如何在故事之外讲故事

第一节
摒弃偏见、成见，被清空的器皿容量最大
（文◎刘静）

大量的信息会导致注意力的缺失。

——赫伯特·西蒙[22]

/ "好学生"，办"坏事"？/

"老师，外面有人在叫您。"坐在教室门边的学生举起手，打断了我正在进行的背诵检查。我回过头，站在教室门口的是拿着检查簿的宿管阿姨——昨晚，住宿生们一定又闯祸了。

"昨天晚上，你们班男生宿舍的门被反锁了，大家出门洗漱后都进不去，在楼道里闹腾了好长时间。后来，请后勤师傅大老远地赶来，直到十点多才撬开门锁，影响很坏，你一定要严查！"宿管阿姨满脸气愤地告状！

"对不起，阿姨，给您添麻烦了。您知道反锁门这件事是谁干的吗？"我一边道歉，一边询问细节。

"不知道。我们都怀疑是吴小刚，但他不承认。你可得详细追问、好好教育，做这种事，太过分了！"

吴小刚？这个学生给我的印象太深刻了，学习成绩很好，但人缘

22　赫伯特·西蒙（Herbert Simon），美国政治科学家、管理学家、经济学家。

不太好,上学年,就有不少学生和老师向我反映他的问题,说他自私自利、尖酸刻薄。唉,难道学品跟人品不能兼而有之吗?

转身回到教室,我什么也没说,只是目光严肃地看向他。这一眼,加重了我的怀疑——他果然心虚,目光是躲闪的!

不过,谨慎起见,我决定先深入了解一下事情的经过再说。于是,课间时,我先把另外一个住校生叫往楼道。

/ 是嘴硬不认错,还是"背锅侠"? /

"昨天晚上的反锁宿舍门事件,到底是怎么回事?"我开门见山,直截了当地问。

被我叫出来的住校生详细地汇报了整个过程,最后,他斩钉截铁地说:"老师,不用再查了,这件事肯定是吴小刚做的,他以前就玩过宿舍门的门锁。"

"好吧,那你去把吴小刚叫出来。"见相关人员众口一致地指认吴小刚,我叹了一口气,决定直接和他聊一聊。

吴小刚走出教室时,我看到很多同学偷偷摸摸地凑到了窗户旁,像是在偷听。

"昨晚到底是怎么回事?"我清了清嗓子,冷冷地问。

于是,我第三遍听到了同样的故事,不过,这一次,故事的结尾变了:"不知道是谁做的,反正不是我。"吴小刚抿着唇,一脸倔强。

我盯着他看了几秒,他装作满不在乎地东瞅瞅、西看看,就是不跟我对视，也没有再做更多的解释。僵持中，上课铃响了。没有证据，我暂时不能直接对他做出处罚决定，便退后一步，说："你先去上课，这件事回头再说。"

我去机房调看了宿舍走廊的监控视频后，回到办公室，打算梳理一下思路，却没想到，一波未平，一波又起——下课铃刚响，班长跑来报告："老师，吴小刚和另外一个住宿生小周打起来了！"

我急匆匆地跑进教室时，打架的两个人已经被拉开了，但是他们一左一右地站着，还是像斗鸡一样，梗着脖子，怒视着对方。

"你们两个，跟我来办公室！其他人都回座位，好好准备下节课的内容！"我缓了一口气，迅速驱散看热闹的学生们，带着这两个不让人省心的"捣蛋鬼"，离开了乱哄哄的教室。

"说吧，为什么动手？"回到办公室，我开始调查事情起因。

"他诬陷我！"吴小刚的眼圈是红的。

"肯定是你做的恶作剧，你不止一次这么做了！"小周一脸大义凛然。

"小周！"我打断他，"你有确凿的证据吗？在没有证据的时候，除了肇事者主动承认，我们不能仅凭主观印象判断一个人的是非对错！"说着说着，我突然感觉有些心虚——其实，在我的潜意识里，也基本断定此事是吴小刚所为了。

"如果有证据，就拿出来给大家看看。"我努力把偏见放在一边，再次强调证据的重要性。

"我没有证据,但是知道他以前做过类似的事情。"小周满脸不屑地说。

"我是玩过宿舍门的门锁,但这次这件事,真的不是我做的!"吴小刚急得眼泪都流下来了。

"真能演戏!还好意思哭呢!老师,你相信他吗?"小周不依不饶地说。

"会不会是谁不小心把门反锁上了?"我没有否认小周的怀疑,但也不想冤枉吴小刚,转而猜测着第二种可能性。

"不可能,想将门反锁,得使劲按锁扣才行。"吴小刚摇摇头,言之凿凿地说,一看就是真的摆弄过那个锁,否则没有这种经验。

"昨天晚上,在门被反锁之前,有没有别的班的学生去你们宿舍串过门?"我又提出了新的可能性,希望肇事者另有其人。

"有的,但是人家是来通知我们,说今天的数学课需要带圆规和量角器,说完就走了,不可能反锁门。"小周否认了我的猜测。他的判断有道理,谁会那么无聊呢?

实在是让人头疼!

"算了,你们先回去上课,我再想一想。别打架了,事情总会水落石出的,如果一直没有人承认,我就只能通过验指纹追查肇事者了。"我一边说,一边若无其事地观察了一下吴小刚的神情,没有紧张和异常。

第七章 如何在故事之外讲故事

/ 洗刷冤情，真相大白 /

晚自习结束后，我亲自把这群不让人省心的"捣蛋鬼"送回宿舍，并查看了昨天的"事发现场"。掌握了基本情况后，我转身下楼，然而，还没等我走出宿舍楼门，吴小刚就追了过来，一边跑，一边喊："老师，老师，隔壁宿舍的门也被反锁了！他们刚回来，据说离开的时候门是敞开的，回来的时候就进不去了。这中间只有宿管阿姨进去检查过卫生，难道……是宿管阿姨反锁的？"

"别胡说！"我赶紧制止了他，跟着他往回走。被反锁着的宿舍门口，宿管阿姨正在纳闷，一副百思不得其解的样子。大家一边猜测，一边等待。等后勤师傅赶来开了锁，又反复查看了出问题的门锁后，真相大白——门锁用的时间长了，有所老化，这两天风大，将门刮上时，锁扣滑落，意外进入反锁状态。

"师傅，那昨天晚上，我们宿舍的门被反锁，是不是同样的原因？"吴小刚急忙问。

后勤师傅走进他们宿舍，用手拨弄了门锁几下，认真地答道："应该是同样的原因，你看，我随便动了动门锁，并没有使劲按锁扣，门就被反锁上了。"

听到后勤师傅的判断，我一直悬着的心终于放下了，同时感觉到庆幸——幸好我坚持寻找证据，没有和大家一样，轻易地给吴小刚"定罪"。一回头，我看到小周拍着吴小刚的肩膀，满脸不好意思地说："没想到，真的冤枉你小子了。"

24个神奇故事公式

吴小刚换上了那副满不在乎的表情:"没关系,没关系。"

拜托后勤师傅给大家换了新锁之后,我离开了宿舍楼,满身轻松。

/ 摒弃成见,故事将更加圆满 /

如果没有隔壁宿舍的门被"及时"反锁,吴小刚也许还会被大家冤枉一天、两天,甚至更久,而这些不信任,不知会给他带来怎样的伤害,由此可见,偏见是多么可怕的一件事。

在成长路上,每个人,对身边的人,都有自己的印象,如果对方曾经犯错,偏见或成见是很难彻底消除的,而当被固有的偏见或成见占据内心时,我们很难再客观地去判断事情真相,听取对方的解释、说明,不少误会因此累积。

看完刚刚的故事,大家都可以借机反思一下,提醒自己,时刻规避偏见、成见带来的负面影响,回归事件本身。

这样的故事,或许更加真实,也更加圆满。

故事力公式 消除成见,得到真相

- 1.得知一件事情(突然发生的/让人意外的/让人惊喜的)
- 2.凭借过去的经验,认为事情的真相应该是……
- 3.随着真相浮出,事情发生了转变(向好的/向差的)
- 4.真相大白,实际情况是……

第七章　如何在故事之外讲故事

练 习 题

套用上面的公式，写一篇几经反转，最后的结局与最初的预期不一致的故事。

◎本文作者刘静，微信号为 Yuezhaoaiqinhai，欢迎交流。

第二节
调动过往记忆，在共情中读懂"话外之音"

（文◎赵俊雅）

每个人都应有接纳与宽容之心，但也要学会拒绝。

——贾平凹[23]

/ 不被共情，被迫成熟 /

"怎样才算是一个成熟的人呢？"

"我觉得，成熟的人应该有全局的思维、稳定的情绪、坚定的意志，并且会好好爱自己、爱生活。励志，你就是我眼中的成熟女人！"我一边说，一边缓缓地放下手中的餐勺，目光从餐桌上移到了朋友励志的身上。眼前这位从容且优雅的女士抬起头，目光交汇时，我们都微微地笑了笑，轻轻碰杯。不自觉地，我又想起了她曾经对我讲述的个人职场逆转故事……

曾经的她，是一个不懂得如何拒绝的"职场老好人"，即曾在影视剧中大火的"便利贴女孩"。曾经的我们，谁都没有想到，那些"老好人"观念，不但没有给她带来任何尊重，反而带给了她一场大病。不过，正是那场大病，让她改变了很多，也成熟了很多，逐步蜕变成现在的她！

---

[23] 贾平凹，本名贾平娃，1952年2月21日出生于陕西省商洛市丹凤县棣花镇，中国当代作家、中国作家协会副主席、中国作家协会散文委员会主任、陕西省作家协会主席。

接下来，我们一起来听听她的故事。

/ 初入职场，从不说"No" /

我的第一份工作，是任职于 L 企业总部的培训专员，负责企业旗下一百多家门店的培训工作。

某天下午，A 店经理临时向我提出了一个紧急培训需求，要求我当天完成课程开发，次日早上到 A 门店进行现场授课。这件事情本身并没有什么问题，也在我的职责范围内，不过，不巧的是，它与我先前的工作安排冲突。

一方面，碍于间接上下级的关系，我不便推辞；另一方面，"老好人"的声音在心里作祟……我迟疑了好一会儿，最终决定自己咬咬牙，克服一下。

不会拒绝的结果，是我当天加班到了次日凌晨 5 点，才完成了对新课程培训资料的准备。在床上眯了一个多小时后，我便紧张地起床洗漱、出门打车，赴 A 门店完成现场培训。

现场培训结束后，A 店经理叫住了我。本以为，我前一天晚上熬夜加班完成任务，会获得他的感激和好评，没想到，他满脸不满地对我说："你讲的课倒是没有什么大问题，但下一次能不能精神一点？你是不是前一天晚上打游戏打了通宵啊？满面倦容！年轻人不能这样只顾娱乐……"

就这样，我第一次通宵工作，换来的不是感激，而是误解。

如果说不会拒绝领导，会让自己偶尔加班、偶尔委屈；那不会拒绝同事，给我的职场初期生活带来了数不清的麻烦。

我本以为，凡事多为别人着想、不轻易拒绝是有教养、有礼貌的表现，没想到，这样的我成了大家的"万能小天使""免费劳动力"——无论大事小事，同事们似乎把找我帮忙当成了理所应当的事，每天，我不是在帮这位同事做表格，就是在帮那位同事剪视频，忙得团团转。虽然疲惫不堪，但我常常这样自我安慰："年轻人多做一点事情没什么，这样才能在职场中获得良好的人际关系呀！"

就这样，我工作的第一年，加班时长累积起来居然高达40多天！

/"便利贴女孩"生病了/

事实证明，人的精力是有限的。由于长时间处于高强度的工作状态中，某天早晨，我突然咳嗽、发烧至38度，且连续五天去三家医院检查、开药后，仍然无法降温。最后，经医生再三检查，我被确诊，因疲劳过度，免疫力下降，细菌感染了右下肺部，发展为肺炎，需要立刻住院治疗。

在住院的十余天里，我觉得胸口很痛，每呼吸一次，就剧烈地痛一次。

父母和闺密们轮流照顾我，我也努力配合治疗，想着快点养好身体，赶紧出院、复工。

然而，讽刺的是，当我心系公司，不断发消息给同事们沟通工作时，我所收到的来自同事们的消息，除了"××文件在哪里？""你什么时候回来呀！"之外，居然没有一条嘘寒问暖、真正关心我身体状况的消息。

我所以为的职场友情随着这一场病,在我心中蒸发殆尽。

我不禁问自己,这是我想要的人情冷暖吗?我为了这些"塑料"友情,这样苦自己,真的值得吗?

在那些病情最严重的夜晚,我能清楚地感受到每一次呼吸带来的痛。那是一种来自胸口的隐隐的痛,足以让我整夜失眠。

/ 学会说"No",换来了尊重 /

出院后,因担心休养时间过长,影响工作进度,我选择了立刻回公司上班。

同事们看到我,纷纷凑上来,带着微笑,关心着我的病情。他们说了什么,我现在已经不太记得了,因为关心的话语一闪即逝,更多的交流归于这样一句话:"回来就好,我这里有一件事要麻烦你……"

"嗯……不好意思,我现在身体还没有完全康复,医生说要多休息。我怕耽误了你的事,这次就不帮忙了,免得添乱哦。"我自己都没想到,拒绝的话会脱口而出,且如此自如。

"哎,你来啦!能不能帮我看一下我新做的表格有没有问题?我已经把表格发到你的邮箱中了。"刚送走一批同事,新的"求助"又来了。

"不好意思,经理安排我今天完成××店的培训数据统计,我估计没时间帮你,你自己检查一下?"顺势,我又拒绝了一个总是说

24个神奇故事公式

"帮我看一下",结果次次耽误我一个多小时的同事。

说完这些话,我由衷地为自己鼓掌!我之前从来不知道,原来我也会拒绝别人,而且能拒绝得无比流畅!我之前也从来不知道,原来有理有据地拒绝别人,其实自己并不会感到内疚,反而那一刻,我挺替自己骄傲的!

病假后上班的第一天,我拒绝了很多人。意外的是,当我说出自己的拒绝理由后,在他们的眼中,我看到的不是不快、愤怒,而是理解、了然,我甚至觉得,还有一丝"尊重"。

那一年,那一次,我学会了拒绝,让自己更加从容、自由。

/创造"共情"的机会,让相处更加自如/

我的朋友励志的故事,到此就告一段落了,看着眼前行为举止得体大方、为人处世成熟稳重的她,我依旧记得那段自我破茧的日子里,她那从黯然到坚定的眼神、从自我怀疑到自带光芒的身影……凡此种种,都让我深刻地意识到:学会拒绝,才是一个人真正成熟的表现!

与其责怪对方的不理解,不如主动表达自己的看法、说明自己的情况,给对方"共情"的机会,以便迅速达成一致。

学会创造共情的机会,学会拒绝虚伪、拒绝憎恨、拒绝肤浅、拒绝琐事,让生活更纯粹、交往更自如、故事也更精彩!

故事力公式　共情 / 成长

- 1. 我本平凡：我曾经……（故事背景 / 某种状态）
- 2. 出现偶然事件：后来 / 有一天，我……（触发事件）
- 3. 经历挑战：在这个过程中，我经历了……（困难 / 冲突 / 障碍 / 挑战）
- 4. 习得本领、获得共情：这让我意识到……（领悟到的道理 / 学习到的经验）
- 5. 获得成长：从此以后，我能够更加自如地与身边人相处

练 习 题

套用上面的公式，写一篇从不知所措、犹豫挣扎，到与自我、与身边人和解的故事。

◎本文作者赵俊雅，微信号为 zhaojy18，欢迎交流。

24 个神奇故事公式

第三节
给予讲述者实时反馈,用"主动"收获"意外之喜"

(文◎李燕)

在他人心目中,我是一个谈话高手。事实上,我只是善于倾听,愿意听他们吐露自己的心声。

——戴尔·卡内基[24]

/ 明知山有虎,偏向虎山行 /

走进这座四四方方的大厦的瞬间,无形的压力扑面而来。空旷的大厅里,伫立着几根深灰色的大理石柱子,反射着冷冷的光。

领路的秘书一言不发,全程只留下高跟鞋踏在地板上的"嗒嗒"声,我的心不由得一点一点缩紧。

这是某大型企业位于北京的总部,他们购买了我们公司的一整套服务项目。虽然已经签了合同,但是在后续讨论项目的具体方案和执行细节方面,障碍重重。

障碍主要来自客户公司负责推进此项目的一位总监,他细致又挑剔,总是能抓住一些意想不到的点进行追问,并且会因为对一个细节

---

[24] 戴尔·卡耐基(Dale Carnegie,1888 年 11 月 24 日—1955 年 11 月 1 日),美国著名人际关系学大师、美国现代成人教育之父、西方现代人际关系教育奠基人,被誉为 20 世纪最伟大的心灵导师和成功学大师。

不满，否认我们提供的整个操作方案。

我们公司中涉及这个项目的各个板块的负责人，差不多已经分批、分期的来和这位总监沟通过了，有的甚至来了不止一次。一提此事，大家叫苦不迭，都说表面上是来沟通项目，实际上是一遍一遍地来被对方刁难。

今天，轮到我了。

/ 陷入僵局 /

推开门的一瞬，我不禁在心中感叹，这位吴总的办公室真的是太"干净"了！偌大的办公室里，看不到一件没有用的东西，他"眼里容不得沙子"的行事作风和"无情"的性格特点，被展现得淋漓尽致！

我一边不安，一边给自己打气，毕竟来之前已经做了万全的准备。

一开始，方案的宣讲在我控制的节奏中有条不紊地推进着，还算顺利，吴总听得很认真、很专注。但是很快，吴总的脸色越来越严峻，时不时在笔记本上写着什么。

"这个方案完全行不通！"听完了整个方案，他严肃地说道，"有十个问题，请记录一下。"

一点折扣都不打的十个问题，被他一个一个抛出，其中，有的问题确实可以按照他的意见进行调整，但是最核心的那个问题，如果按照他的意见进行调整，会大幅度提高我们公司的运营成本。我迅速心算了一下，在目前合同约定的价格水平上，是绝无可能进行调整的。

24 个神奇故事公式

对于这一点,我直言相告。

"如果按照目前的方案操作,员工们的感受无法保证,整个服务项目的效果不会尽如人意,这将影响次年的续约。"吴总冷静地说道。

对话陷入了僵局。

/ 工作之外的"闲聊" /

在难熬的沉默中,我注意到,吴总一尘不染的桌面上放了一张照片,照片里是一只憨憨的大橘猫。这张橘猫照片的存在,为整洁到有些冰冷的办公室添了一丝温暖。

"好可爱的猫!"为了打破令人尴尬的沉默,我开口道。

听到我的话,吴总的目光微侧,也看向照片,随后轻轻地"嗯"了一声,说:"是很可爱,可惜……它已经死了。"

"啊?我很抱歉!这是……什么时候的事呢?"我有些意外,不自觉地顺着这个话题聊了下去。

"有好几年了。"吴总沉声回答。

"您对它的感情一定很深吧?直到现在都还摆着它的照片……"我的声音中也染上了一丝惋惜。

听到这话,吴总似乎有所触动,他拿起照片,擦了擦,缓缓地说道:"不止这一张,来,我给你看看它更多的照片。"

吴总打开手机,翻出相册,一张又一张,给我展示那只橘猫的照片。照片很多,看得出是在它成长的各个时期拍摄的,被细心地分类保存至今。这只橘猫并不是多么名贵的品种，但身上有一种安然自若的气质，一看就知道被主人照顾得很好。

"看起来，它对您来说非常重要。"我说。

"没错，它是我的朋友，也是我的家人！"吴总不再像刚见面时那样拒人于千里之外，他开始主动讲述自己小时候那些和橘猫相伴的往事。

通过他的叙述，我了解到，在他的童年时期，他的父母工作很忙，没空陪伴他，那些苦等父母回家的夜晚，都是这只橘猫陪伴他度过的。有了橘猫的陪伴，黑暗中的那些影影绰绰变得不那么吓人了，下雨天的雷鸣闪电也不那么可怕了，更难得的是，这只橘猫通人性，他难过的时候，橘猫会缓缓地靠过来，趴在他身边，有时候还会用爪子轻轻地踩他、安慰他。一直以来，一触碰到橘猫那柔软的绒毛，他就感觉很温暖。

这只橘猫在他家里生活了将近二十年，看着他上中学、上大学，看着他参加工作、成家立业，甚至在他的太太怀孕了，希望家中暂时不要养宠物时，他都没舍得把橘猫送走……

/ 意外"破局" /

在他讲故事期间，我没有随意插话去打断他的回忆。我抛弃所有事先准备好的话术和应对方案，压抑着内心有些焦虑的情绪，全心全意地倾听着他的诉说，时不时点头表示惋惜和遗憾。

"很少有橘猫能活这么多年，它是自然衰老的，走得很安详，算是寿终正寝吧……"故事结束时,吴总叹了一口气,似乎释放了一些情绪、解开了一些心结,"说起来,这只橘猫教会了我很多事情,比如无论面对什么境况都不要放弃,这世上,总有人或动物,用自己的方式支持、陪伴着你……"说到最后,吴总甚至有些动情。

时间过得飞快,原本预计进行一个半小时的会面,已经持续了两个多小时。

"这样吧,我们从公司的储备金里拨出一部分款项,用于对你们的服务项目进行内部支持和推广,与此同时,向公司下属各区域、各部门推广这个服务项目的其他问题,由你们进行调整,没问题吧?"吴总拿起方案文件,思考片刻,主动说。

这相当于给我们的项目增加了一部分预算支持,真是意外之喜啊!

"太好了!太感谢您了!吴总。"

"不,"吴总摆摆手,"你应该感谢自己,你真是一位谈话高手啊!"

我?谈话高手?

我愣了愣,笑了,其实在整个过程中,我几乎没有发言,只是做到了认真倾听、及时给予情绪反馈,与他产生情感共鸣,让他觉得被理解、被重视。

这,才是我在这段故事中,最重要的收获!

故事力公式　实时反馈，产生共鸣

- 1. 我了解你：我发现某件事/某个人/某一物件对你来说很重要
- 2. 我在关注你：所以,我很想知道这件事/这个人/这一物件与你的故事,也愿意听你诉说你的故事
- 3. 我理解你：听了你的故事,我感同身受,并和你有一样的情绪（开心/遗憾/惋惜/愤怒等）

练习题

　　套用上面的公式,写一篇自己通过认真倾听、给予反馈、形成共鸣,最终与他人建立友情的故事。

◎本文作者李燕,微信号为 LindaLeeliyan,欢迎交流。

Chapter 08
第八章

如何让故事拥有更长久的生命力

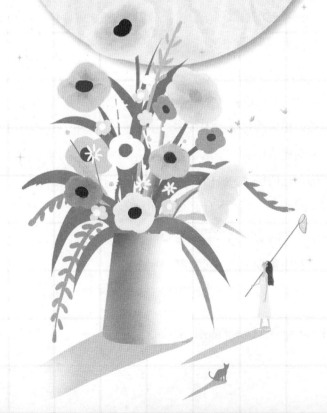

第八章 如何让故事拥有更长久的生命力

第一节
抓住共鸣点，让你的故事进入 Ta 的世界
（文◎吴嘉华）

聊天就是王道。内容就是拿来聊的。

——科里·多克托罗[25]

/ 契机，寻找他人眼中的我 /

2022 年 8 月，我接到《闯入计划》节目组的邀请，拍摄国内首档保险从业者观察式系列纪录片。接到邀请后，经过简单的沟通，我十分兴奋、期待，因为这个节目充满未知，而未知，正是惊喜的襁褓。

经了解，由于是观察式系列纪录片，节目全程没有剧本，不会提前透露任何一个可能涉及的问题，全由主理人根据现场情况设置问题、把控节奏，追求的是极致的真实！包括下意识的反应、不假思索的回答、不期而遇的情节……这些无剧本的不确定性，让我得到了一次多角度了解自己的机会。搭档眼中的我、家人眼中的我、朋友眼中的我、客户眼中的我……分别是什么样的呢？这让我既期待，又好奇。

这个节目的录制，一共涉及十个场景，摄像机全程跟拍。十个场景中，让我印象最深刻的是我的中学校园，因为在那里，我回忆起了自己的性格发生方向性转变的历程，当时的拍摄效果极佳，节目主理

---

[25] 科里·多克托罗（Cory Doctorow），加拿大裔英国博主、记者、作家。

24个神奇故事公式

人和嘉宾都被带入了我的情绪，感受到了强烈的共鸣。

那一场景的嘉宾，是一位与我颇有渊源的师姐。

那位师姐和我有着一样的名字，也叫"嘉华"。嘉华师姐比我大一届，在我刚刚升入高一时我们就认识了。这么多年来，虽然我们的沟通、交流不算多，但在仅有几次的见面过程中，我们每次都聊得很投机，嘉华师姐总是说："很奇怪，每次跟你聊天，我都能感觉到很多积极的能量，这种感觉非常好……"

十多年过去了，嘉华师姐一直看着我努力、奋斗、成长，并在我转入保险业后成为我非常重要的客户之一，一位每个月都会相约吃一顿饭，聊聊天，相互赋能的客户。

这次，节目编导问我想邀请谁来做嘉宾时，我第一时间想到了她！我真的很好奇，在一路陪我成长的她的眼里，我究竟是什么样的？这些年来有变化吗？如果有的话，她觉得这些变化是好还是坏呢？这些问题，我从未开口问过。

开拍当天，嘉华师姐很紧张，表示第一次面对镜头，非常害怕自己说错话，我故作轻松地说："别怕，我就是要看你最真实的反应，听你说最真实的话！这么多年，难得有机会让你在镜头前'吐槽我'，一定要好好把握！"

我幽默的话语缓解了师姐的紧张情绪，但是话音刚落，我不由自主地紧张了起来，猜测着："师姐会说些什么呢？她眼中的我，和我眼中的自己是不是一样的呢？"

/ 遇见，过往青涩无比的自己 /

校园场景录制当天，节目主理人带着嘉华师姐和我一起走在校道上。看着师弟们在身旁的足球场上奔跑，我好像瞬间回到了学生时代，周身热血沸腾，回忆起了青春岁月中的种种趣事，正走神时，我听到节目主理人开口问师姐："师姐，从学生时代起，你就认识嘉华，看着嘉华一路成长与发展。如今，他成长成现在的模样，有想法、有创意、有感染力，和学生时代的他一样吗？还是发生了很大转变？"

我瞬间回神，专注地期待着嘉华师姐的回答。

嘉华师姐笑了笑，带着一脸不可思议的表情回答道："不一样，完全不一样！学生时代，嘉华的成绩不错，但是没有达到学霸级别，即成绩没有好到尽人皆知的程度，平时也不是活跃分子，没有参加学校里的社团组织……总之，就是没有太多同学认识他，哈哈！所以，他现在能够有如此性格、能力和成就，我真的很惊讶，我也想问问他，为什么会有这么大的突破和转变。"

我脑海中浮现出那些年自己青涩的模样，心中立刻涌上一堆话，不吐不快。

/ 回忆，转变的心路历程 /

正如嘉华师姐所说，学生时代的我挺害羞的，不太自信，也不太喜欢登上舞台展示自己，那时，我觉得"打辅助""做好配合"是最舒服的状态。反观现在的我，不仅享受舞台、热爱分享，还拥有了强

24个神奇故事公式

大的自信,相信自己具备足够的能力,能够解决遇到的各种问题,此外,我还喜欢上了沟通、交流、结识新朋友,简直像变了一个人一样,这是出于什么原因呢?

梳理了一下思路,我说:"我觉得有一点很关键,即做事情的目的不同了。以前的我,无论做什么事情,目的都是不想看到别人失望的眼神,很想成为别人眼中'更好的嘉华'。比如,我努力读书,考出好成绩,是想让我的父母和别人聊起自己的孩子的成绩时能够感到骄傲;我从不拒绝别人提出的要求,是想让别人觉得我很友善、很好接触;遇到好的机会,我从不主动争取,是不想让别人觉得我很爱出风头,进而疏远我……

"随着年龄增长,我越来越觉得这样下去不行,这样的处事方式让我觉得自己一直活在别人的世界里,越来越找不到自己。而且,我的交友机会、事业机会,并没有因为这些做法变得更好,恰恰相反,那些我以为的'好友'、千载难逢的事业机会,在我成长的过程中一个接一个的流失着。

"终于,'我要做自己!我要为自己而活!'的声音在我的内心响起、迸发,并最终化为实际行动。我开始转变自己的处事方式,接受自己的'不完美'与'平庸',接受事物需要在实践中不断优化,同时接受很多以前自己不愿意接受的东西,变得越来越放得开,越来越自洽。

"在越来越正视自己的过程中,我将更多的关注点放在了实践与行动中,通过不断尝试,推出了首套行业可视化展业工具,成立了保险业成交赋能平台,成就了现在的自己!

"虽然现在的我离成功还有很长一段距离,但已经比曾经的我勇敢了太多,我真的很感谢自己当年大胆地做出改变,跨出关键的一步!

"经过这些年的成长,我认识到,活在别人的戏里,永远是配角,只有活在自己的戏里,才能成为真正的主角!正如《闯入计划》节目的宣传语'努力的你,应该被看见'一样,我们要活出自己,成为自己人生的主角!"

听完我的讲述,师姐满眼了然,主理人也似有所感触,或许,我的心路历程配上青春校园的环境,让他们也想起了自己年少的热血和那些为了寻找自己而付出过的努力。

大千世界,千人千面,每个人都有不同的际遇与经历。人与人之间,最难得的是一瞬的理解和共鸣,最暖心的是一句"我懂你那个时候的心情"。

故事力公式　找到共鸣点,进入彼此的情绪

- 1. 用心感受,观察身边的人/事/物
- 2. 调动记忆,回想过往,梳理自己的成长经验与生活感悟
- 3. 找到与听众有交集的共鸣点,诱发思考
- 4. 渲染情绪,用故事表现深层次的思想
- 5. 升华主题,提高故事的生命力

练习题

套用上面的公式，写一篇用实际经历引发听众共鸣的故事。

◎本文作者吴嘉华，微信号为 hiJoshuaWJH，欢迎交流。

第二节
多角度论述,"强化"也有技巧
（文◎赵俊雅）

你有什么故事？你的故事很有趣吗？你可能会把故事讲得生动有趣，也可能会把故事讲得枯燥乏味。如果有人花90分钟和你聊天，你却没法总结出他到底在讲什么，那他就失败了。天马行空地随意聊远远不够。

——西蒙·哈滕斯通[26]

/ 记得那些爱 /

"有没有那么一位亲人，你很想抱抱她，但再也抱不到了？"

我有，那是我最亲爱的外婆。

记忆中，我从小就被外婆疼爱着。我和外婆生活在不同的城市，读书时，每到寒假、暑假，我都会回外婆家，陪外婆住一段时间。每次回去，外婆不仅会精心准备各种我喜欢吃的菜肴、带我四处游玩，还会置办很多惊喜小礼物让我带回家。

我还记得，小时候我最爱的那件粉红色毛衣，是外婆熬着夜，一针一线织制的，那是我收到过的最温暖的礼物。

外婆对我的好，我一直牢牢地记在心中，想着长大后，一定要全

---

26 西蒙·哈滕斯通（Simon Hattenstone），《卫报》记者、专栏作家。

力回报外婆的好!

18岁那年的夏天,我前往外婆家时,见到了许久未理发的外婆,她银白色的头发已长至肩膀。见我来了,外婆笑了,说:"雅,帮我剪剪头发吧。"我笨拙地拿起剪刀,第一次为外婆剪起了头发。剪着剪着,看着外婆熟悉的身影,我心里一暖,突然从背后抱住她,撒娇道:"外婆,你最近长胖了哦,看!脖子后面都有肉肉啦!"抱着、笑着、彼此温暖着,那一刻,真的温馨极了。

那天,虽然第一次尝试理发的我将外婆的头发剪得参差不齐,但外婆还是慈祥地笑着说:"雅,这是我最喜欢的发型,剪得真好!"胖乎乎的外婆顶着有些"不伦不类"的发型,可爱极了。

/ 一定及时爱 /

时间一晃而过,终于,我毕业了,走出校园,进入职场。因为工作忙碌,渐渐地,我一年只有一次回去见外婆的机会,每次见到她,我都会发现她脸上的皱纹又增添了些许,行动又缓慢了些许……那时的我,初入职场,收入有限,每次回去,只能简单带点外婆喜欢吃的特色糕点,再塞几百元零花钱给她,买不起大件礼物。一次又一次,我在心里默念:"我必须再努力一点,下次回来,要给外婆带更好的礼物!"

世界上最遗憾的事,是子欲养而亲不待。

有一天,妈妈接到舅舅的电话:"妈(指我的外婆)突然被确诊癌症晚期,最多只有一个月的时间了,你们快回来看看吧!"得知这

第八章 如何让故事拥有更长久的生命力

一消息,我立刻请假,与父母一同赶了回去。

在医院,我见到了外婆,还不知道真实病情的她正在输液。看到我来了,外婆硬是挺直了身子,用满是皱纹的手牵着我,虚弱却清晰地说:"雅,好好工作,外婆的身体没事的。你呀,快找个优秀的男朋友,带回来给外婆看看。"

我强行微笑,连连点头,心里却在默默流泪,不住地祈祷着:"外婆,你一定会没事的!你一定会很快好起来!"

由于工作繁忙,次日需要出差的我必须当天赶回工作地。谁能想到,这竟是我和外婆的最后一次见面。

十多天后,我出差结束,回到家里,想着再去看看外婆,没想到妈妈说:"雅,你的外婆已经走了,事情也办好了……你在外地忙工作,我们怕影响你,就没及时通知你……"

当下,我的心像炸裂了一样,眼泪脱眶而出,狂流不止。

紧接着,我的脑海中闪过了无数与外婆共处的温馨画面,外婆软软的且温暖的手、外婆笑起来时眼角一条条的鱼尾纹、外婆细滑的花衣裳、外婆那头银丝白发、外婆最擅长的红烧排骨……往后,这一切再也摸不到、看不见、吃不着了!

我最爱的外婆,永远地离开了我!

那一刻,我真的好恨自己!恨自己因为工作,没来得及陪外婆走完她生命的最后一程。

如果时间可以重来,我必定会更加珍惜与外婆共处的时间,会挤出更多的时间与精力去孝顺她、陪伴她。可是,时光匆匆,一去不复

返,就如外婆一样,走了就不会再回来。

有时候,一转身,就是一辈子。

/ 珍惜当下的爱 /

如今,想起外婆,我还是会泪流满面,太多真心话还未来得及说出口,太多遗憾已无法弥补。

很多事没有来日方长,很多人只会乍然离场。

外婆离世带给我的触动很大,甚至改变了我的职业发展轨迹。

我一度认为,努力工作,多赚钱,买很多礼物,是回报亲人最好的方式。但我错了,真正把彼此放在心上的亲人根本不在乎你给多少钱、多少礼物,只在乎你是否开心、幸福。对他们来说,你是他们心尖上的宝贝!能见到你,就是最幸福的事。

如今,我已经不会像从前那样疯狂地工作、加班、出差了,每次回到家看到日益年迈的父母,我都会轻轻地抱抱他们,温柔地说一声:"爸爸妈妈,女儿回来了!"

人生在世,很多人、事、物,一旦错过了,就再也无法重来!

我们能做的,只有活在当下,及时行动,说想说的话、做想做的事、走想走的路、见想见的人,用最真挚的心,向最珍惜的人及时表达爱!

别总是等到失去才说爱,那样的表达太苍白,不如趁着现在,大声地说出心中的想法,用行动表达爱,因为,远处的是风景,近处的才是人生。

珍惜当下,把握未来,与君共勉。

第八章 如何让故事拥有更长久的生命力

故事力公式 不断强化的力量

- 1. 进入故事：曾经有一件事（令人激动的／快乐的／痛苦的／气愤的……），或一个人（令人难忘的／愤怒的／开心的……）
- 2. 渲染情绪：因为这件事／这个人，拥有了一段时光（温馨的／快乐的／感动的／焦虑的……）
- 3. 设置转折／高潮：随着时间的流逝，这件事／这个人发生了变化（向好的／恶化的）
- 4. 强化论述：在变化过程中，发生了新的故事
- 5. 抵达情绪高潮，获得感悟：通过多角度回忆、论述，升华故事主题

练习题

套用上面的公式，写一篇通过多角度论述，将所要表达的情感强化得淋漓尽致的故事。

◎本文作者赵俊雅，微信号为 zhaojy18，欢迎交流。

24个神奇故事公式

第三节
价值观很"贵",坦诚表达向来无价

（文◎曾瀛荨）

古之立大事者,不惟有超世之才,亦必有坚忍不拔之志。

——《晁错论》[27]

/ 遇到职场贵人 /

初入职场时,我曾遇到一位很棒的领导,虽然我跟随她工作的时间只有短短两年,并不长,但我离职时她对我说起的她的经历,影响了我此后近二十年的职业生涯。如今,每当我面对抉择、诱惑时,总是会不由自主地想起她,因为她是我的贵人,是我生命中重要的职场启蒙人之一。

记得那次离职时,她为我送行,给了我许多嘱托和建议。我得到这些经过时间与经历检验的宝贵"锦囊"后,既惊喜,又感激,犹豫再三,坦诚地对她讲述了我在工作过程中产生的疑虑,即有一段时间,我总感觉我们部门在与公司其他部门进行事务推进和合作的时候,沟通状态不太正常,阻力极大,效率很低。她见我敞开了心扉,也打开了话匣子,给我讲了一个鲜为人知的故事。

---

[27] 《晁错论》,宋代苏轼的作品。苏轼（1037年1月8日—1101年8月24日）,字子瞻,号"东坡居士",世称"苏东坡"。

第八章　如何让故事拥有更长久的生命力

/ 一路坚守本心 /

在我感觉与其他部门的同事沟通时的状态不太正常的那一时期，部门的最高领导，也就是她的顶头上司，是分管公司亚太区业务的领导，而她仅分管中国区业务。

在一次选择重要项目合作伙伴的过程中，她和这位亚太区领导产生了分歧，亚太区领导希望选用亚太伙伴在中国的分公司，因为互相了解、沟通顺畅、合作风险低，万一失败，他需要承担的责任相对较少，而她长期研究中国市场，对中国本土企业更为了解，认为这些中国本土企业在资源、工作方式、行业渗透等方面更适合这个项目，要拓宽中国市场，最好走本土化路线，与本土企业合作。此外，她还明确指出，就算按照亚太区领导的意见，选择了亚太伙伴的中国分公司进行合作，也应该按照规定，将这个合作伙伴视为中国市场的新伙伴，按照流程逐级评估、定级、升级，而不是一开始就让对方享受顶级合作伙伴的待遇。

她的坚定态度和有话直说让亚太区领导感觉很棘手，要知道，这个重要项目涉及金额巨大，即传说中的"优质大蛋糕"，她此举触碰了很多人的利益，也挡了不少人的"财路"。

她左右为难，并且已经在前期沟通中感觉到了身心俱乏。以她的资历和绩效成绩，只要退让一步，就会收获很多嘉奖，甚至有可能因此晋升，前路一片坦途，但如果她坚持自己的观点，执意选择本土企业做合作伙伴，或者给亚太区领导指定的合作伙伴"设置障碍"，就会和自己的顶头上司进入对立状态，对自己的职业发展十分不利。

24个神奇故事公式

这份履历,在她的职业生涯上升过程中非常重要,她面对着坚持本心与妥协退让两难的局面。

"长久以来,我一直坚持 do right thing on right way(在正确的道路上做正确的事),其中最重要的,是坚持做正确的事。如果可以,要用最高效、最完美的方法做正确的事,如果不能保证高效与完美,也要保证所做的事是正确的。"她说。因此,思前想后,她决定坚持自己的观点,坚持本心。

接下来的日子有多么艰难,可想而知。亚太区领导对她的态度,从信任到干预,从干预到针对,从针对到打压,几乎所有工作都凭空加了一层审批流程,原来,她拥有中国区工作事务的决策权,对立后,中国区工作事务被要求事无巨细地上报亚太总部审批,甚至包括非常小的办公文具申领事宜。

加这层审批流程,虽然有"官方解释"和文件,但作为中国区的业务负责人,她没有负面情绪是不可能的。白天,办公室里的她佯装无事,照样杀伐果断,晚上,家中的她辗转反侧,陷入频繁失眠。精神压力和工作强度双高,良好的休息又跟不上,在这样的情况下,她甚至得了轻度抑郁症。

这是她第一次遇到这样的情况,是不是应该妥协?是不是应该让步?她无数次犹豫、彷徨,但最终,她还是选择不忘初心,坚持自己的观点。

这个坚持很不容易,上级领导的态度和倾向,合作部门的人多少会看出些端倪,这让她威信骤降,同时成了职场八卦的"中心人物",

甚至传言四起，说她会很快被"炒鱿鱼"。她一向是很有魄力和开创能力的领导，过去，为了推进项目、优化流程、完善提案，言语间不乏犀利，给合作部门的感觉常常是剑拔弩张的。虽然客观地说，她所做的所有事都是对事不对人的，但难免得罪人。在这种情况下，与她有私人恩怨的同事，乘机落井下石，不配合工作；愿意保持中立的同事，开始担心她做的决策是否有效，不敢放手与她对接工作；而她的下属，因为缺少足够有力的支持，推进工作的难度骤增……这些障碍，让每一件常规工作，都成了她的难点工作，不仅增加了不少沟通成本，还总是需要她想各种办法，与各方斗智斗勇斗情商。

种种原因，导致了我感觉到的"不太正常"，但这些委屈，她都自己咽了下去。

就这样一直坚持着，一段时间后，因为凝心聚力在异常忙碌的工作中，她反而渐渐地没了胡思乱想的时间和精力，抑郁症不治而愈，业绩也稳步达标。终于有一天，亚太区领导突然被裁撤，大家得知，亚太区领导的决策给其他国家的业务造成了不良影响，引发了纠纷，因此被问责。在后续调查过程中，公司发现只有她作为中国区业务负责人执行了正确的工作思路，毫无差错，便让她升职，接管了大团队。

/ 正直永无辜负 /

她的故事，深深地影响了我很多年。在今后的很多年中，每当面临选择，我都能坚定自己的方向，都会想到她，模仿她，走正确的路。而追随她、学习她的结果往往能够证明我的选择的正确性，哪怕有时

候看起来会牺牲一些个人利益，但是长远来看，我始终拥有着保证自己长久生存、发展的立身之本。

种种经历，让我更加坚信，一定要坚守正直、保持正确、刚正不阿，因为世界是公平的，正直的人不吃亏，保持初心，必有回报！

故事力公式　正确价值观的馈赠

- 确定主题：确定故事主题，明确自己的价值观/初心
- 设置冲突：在故事推进过程中，遇到了挑战自己价值观/初心的冲突
- 辗转反侧：在直面冲突的过程中，正视自己的负面情绪和彷徨无措
- 坚定初心：几经纠结，依然不忘初心，体现价值观的重要性
- 升华主题：回忆坚持初心的过程中自己收获的感悟，升华故事主题

练习题

套用上面的公式，写一篇因为始终坚持正确的价值观，最终收获良多的故事。

◎本文作者曾瀛葶，微信号为ZENGYINGTINGZYT，欢迎交流。

安哥啦	安吉小丽娜		安姐姐	北野	贲文博		菠菜
蔡洪峰	陈旎	陈韵棋	程丹	程映雪	刀姐		丁伟
杜虹瑾	杜晓波	冯英	高晓嘉	韩老白	韩磊		何侍倩
黄崇崇	黄京龄	黄小伟	黄晓敏	霍英杰	江奇		柯倩
乐婷	李贝贝	李佳	李珈诺	李婕	李静		李俊
李玲	李猛	梁杰生	廖露娟	廖倩莹	廖雯		林佩纯
刘碧娜	刘俊丽	刘慕雅	刘翔	龙黎	罗锴杰		罗姝
马凯	毛辰琛	美慧	欧朝敏	彭梦吉	鹏飞		覃芬芬
邱利添	秋天	任博	舒磊	糖糖	王保红		王丹
王冬强	王晶	王瑞	王小芳	王艺霖	王颖		吴菲
小七老师		徐洪坤	徐智玲	许琼月	焱公子		杨涛
野天天	易益	尹杰	尹慕言	尹艳	于木鱼		于男
余琼霞	曾婷	张智豪	赵丽荣	郑悦	周静		周礼 Adam
周曼	周勤	周文峰	邹娜	Fan 迪	Mandy 何琪		
Olivia	vivid 晓慧						

（按照姓名拼音排序）